POINTS À RELIER TOLKIEN

RÉVÉLEZ 45 PERSONNAGES ET LIEUX EMBLÉMATIQUES DE LA TERRE DU MILIEU ET DES TERRES IMMORTELLES

W0279036

hachette HEROES

Pour la version originale
Livre publié pour la première fois en Grande-Bretagne, en 2016,
sous le titre *Dot-to-dot of Tolkien* par Cassell,
une marque d'Octopus Publishing Group Ltd, Carmelite House, Londres.
Illustrations de Andrew Easton

Direction : Catherine Saunier-Talec
Directeur de projet : Timothée Le Mière
Responsable de projet : Anaïs Guichard
Mise en page : Nord Compo

Dépôt légal : avril 2024
10-5479-1/01
ISBN : 978-2-01-725688-5
Imprimé en Chine

VEDUI'

SALUTATION

Donnez vie à vos histoires préférées ! Reliez les points pour découvrir les personnages emblématiques, les terrifiantes créatures et les paysages spectaculaires des œuvres les plus appréciées de J.R.R. Tolkien : *Le Silmarilion, Le Hobbit* et *Le Seigneur des Anneaux*.

Avec ces 45 illustrations de points à relier, parcourez l'un des plus beaux mondes de fantasy jamais imaginés. Vagabondez dans les grandioses contrées de la Terre du Milieu et des Terres Immortelles, et appréciez leur magie d'une toute nouvelle manière.

Admirez les images se former sous vos yeux et percez à jour le mystère des différentes pages. De Gandalf, Legolas et La Comté à Saroumane, les Orques et la Montagne du Destin, le monde de Tolkien avec ses héros et ses méchants les plus iconiques vous attend.

Tracez une ligne entre les points noirs pour révéler l'image. Les cercles blancs indiquant le début ou la fin d'une ligne, laissez un espace vide entre ces points. N'hésitez pas à vous reporter à la fin du livre : vous y trouverez les solutions et le nom du personnage ou du lieu représenté.

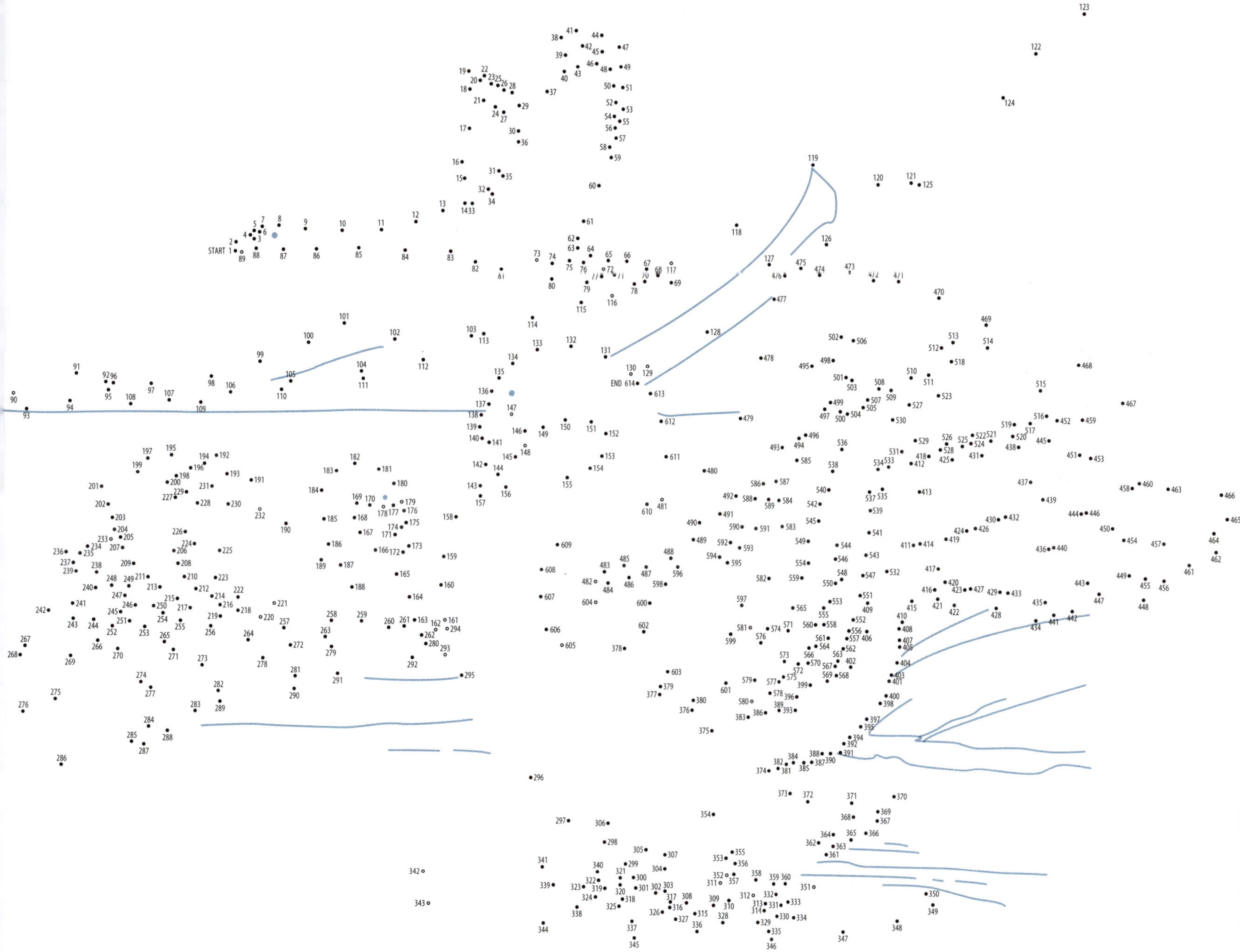
START
END

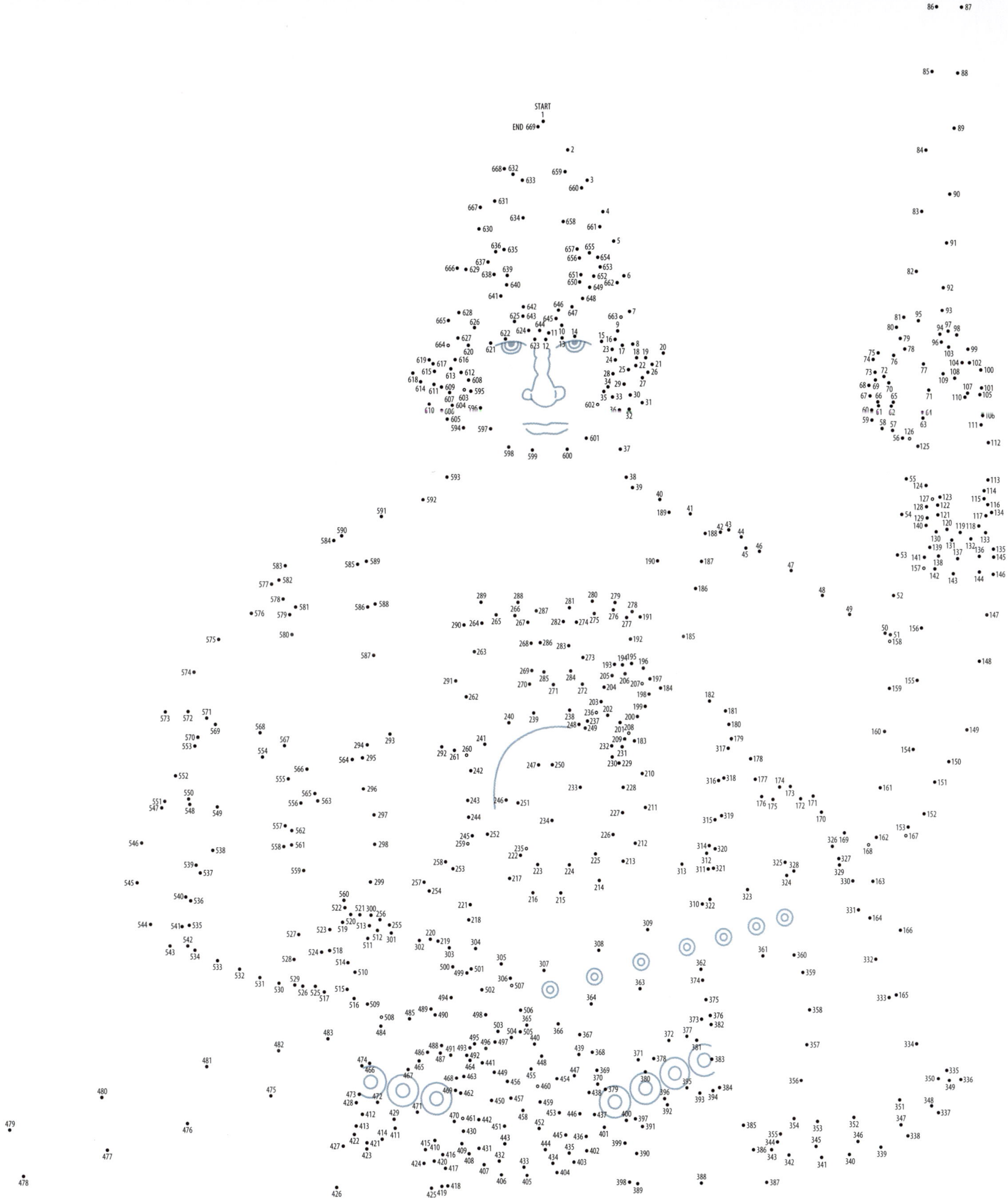
START
1
END 669

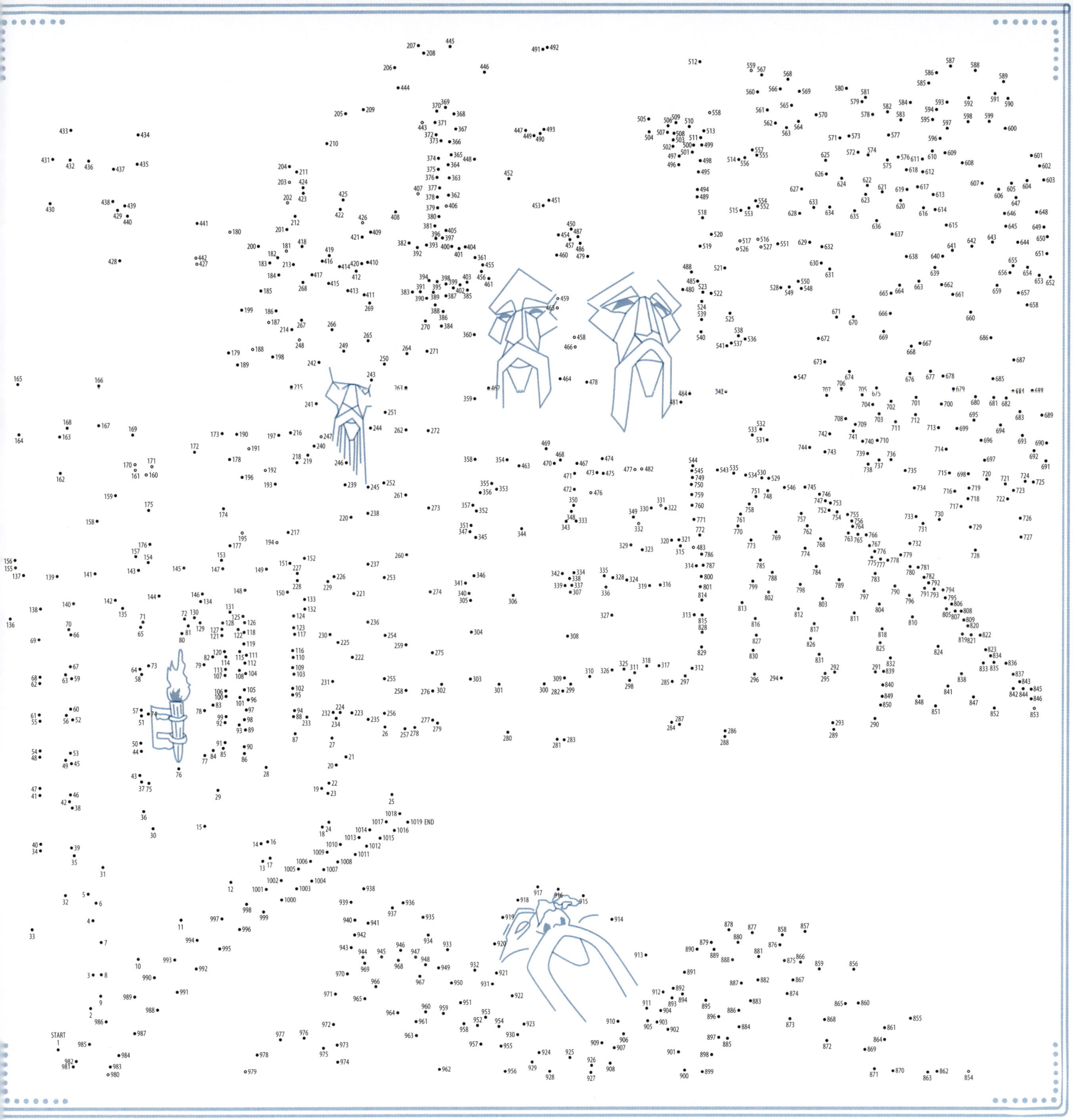
START
1019 END

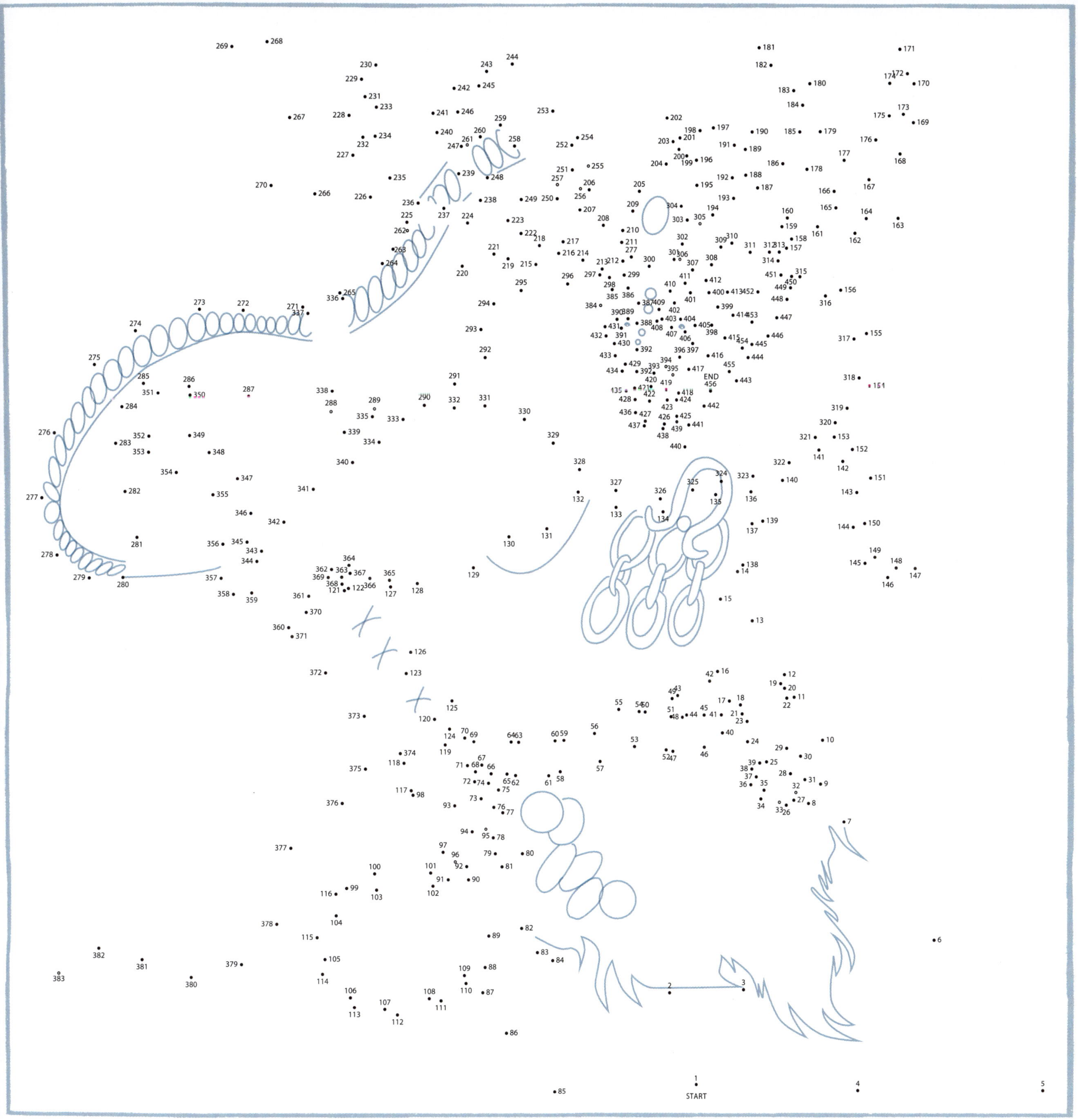
END
START

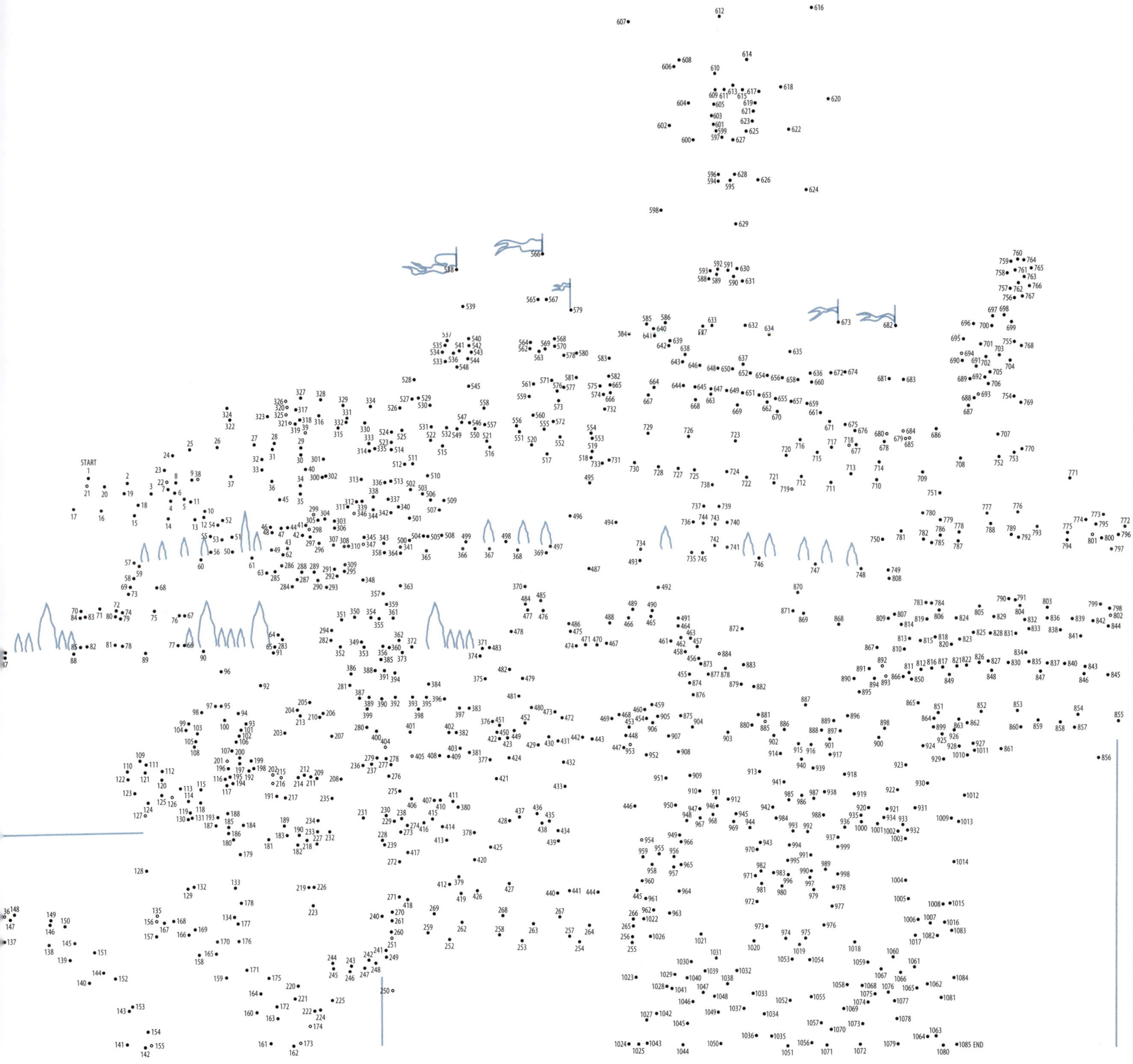
START
END

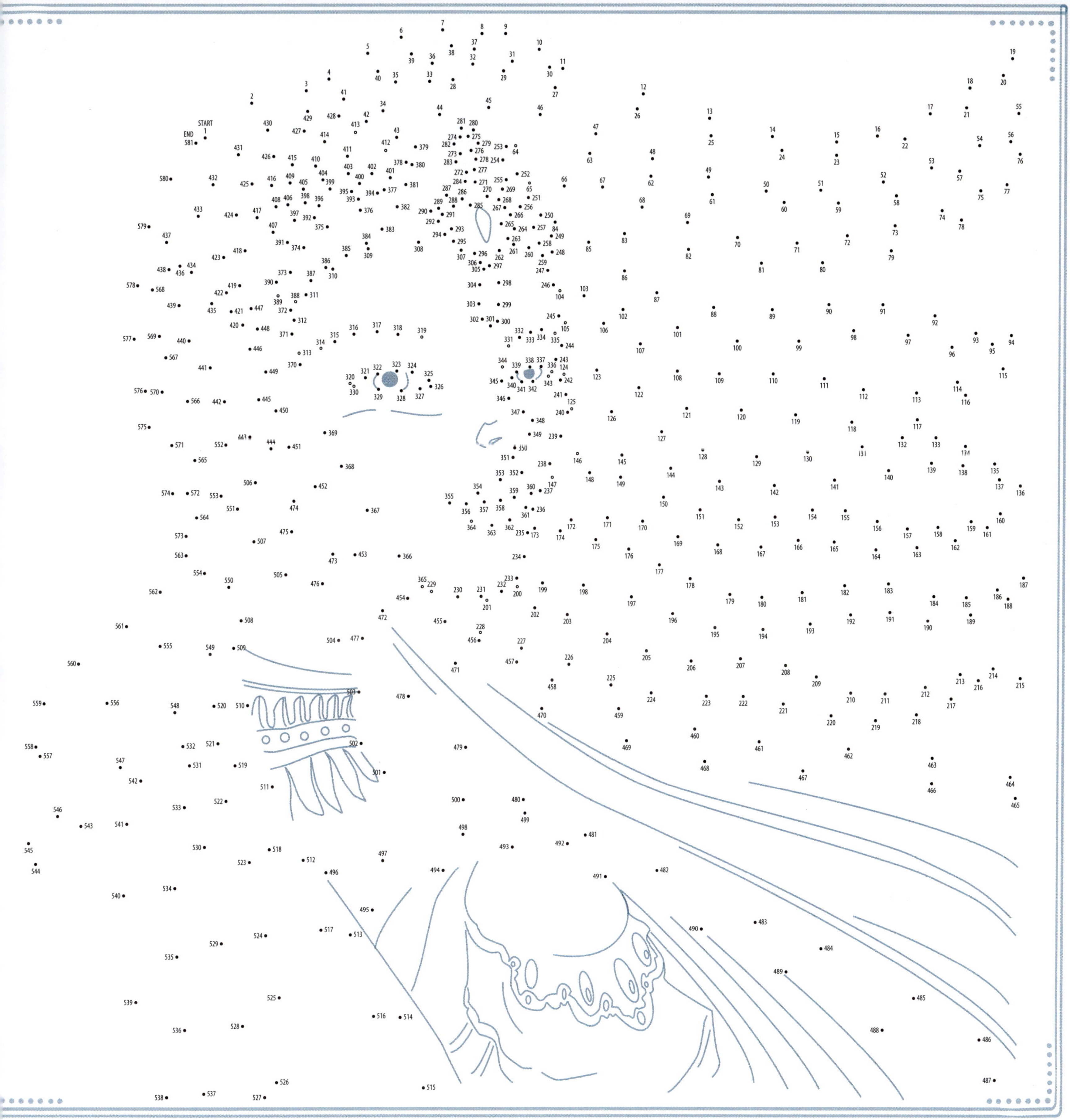
START
END

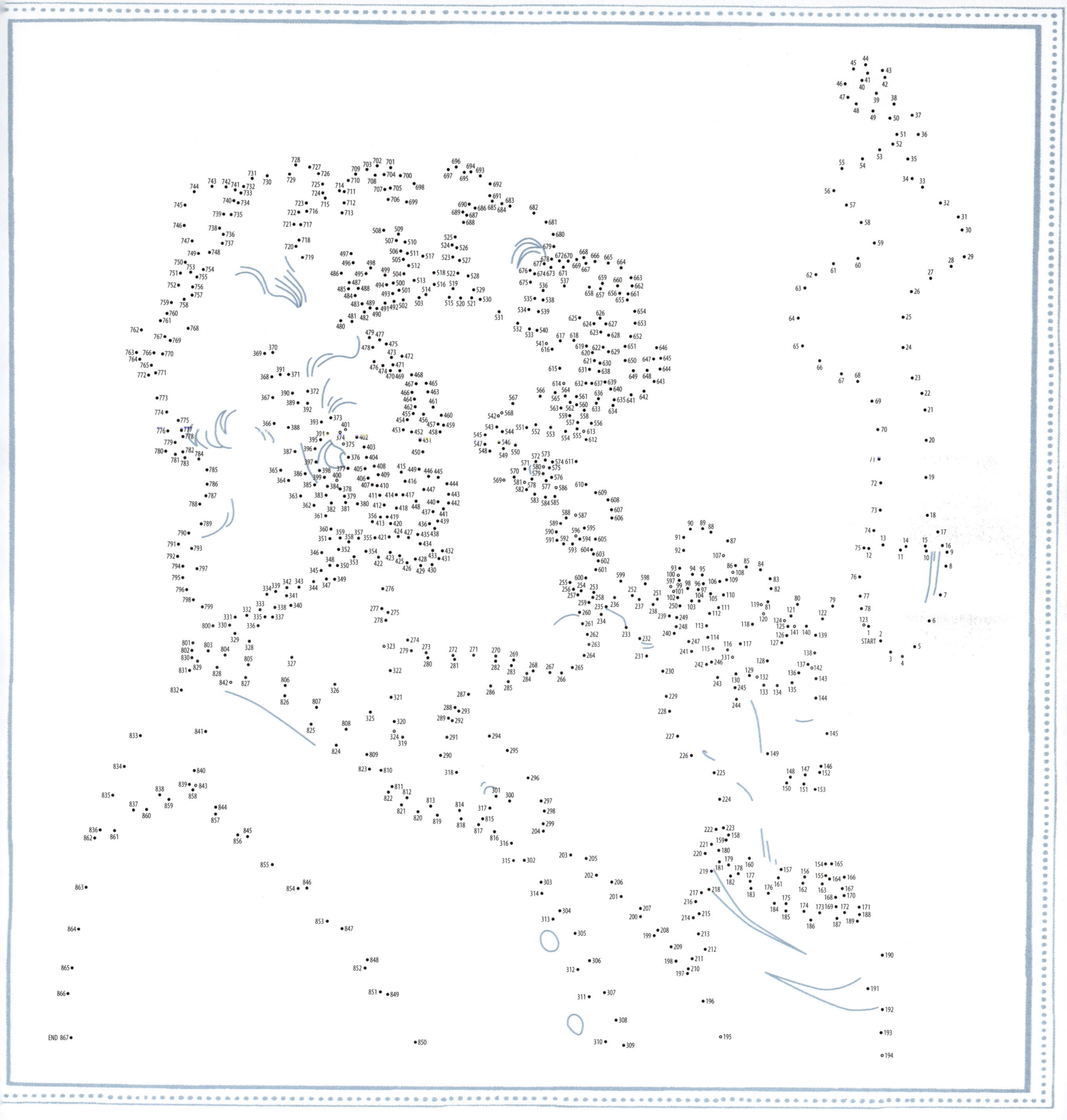
START
END 867

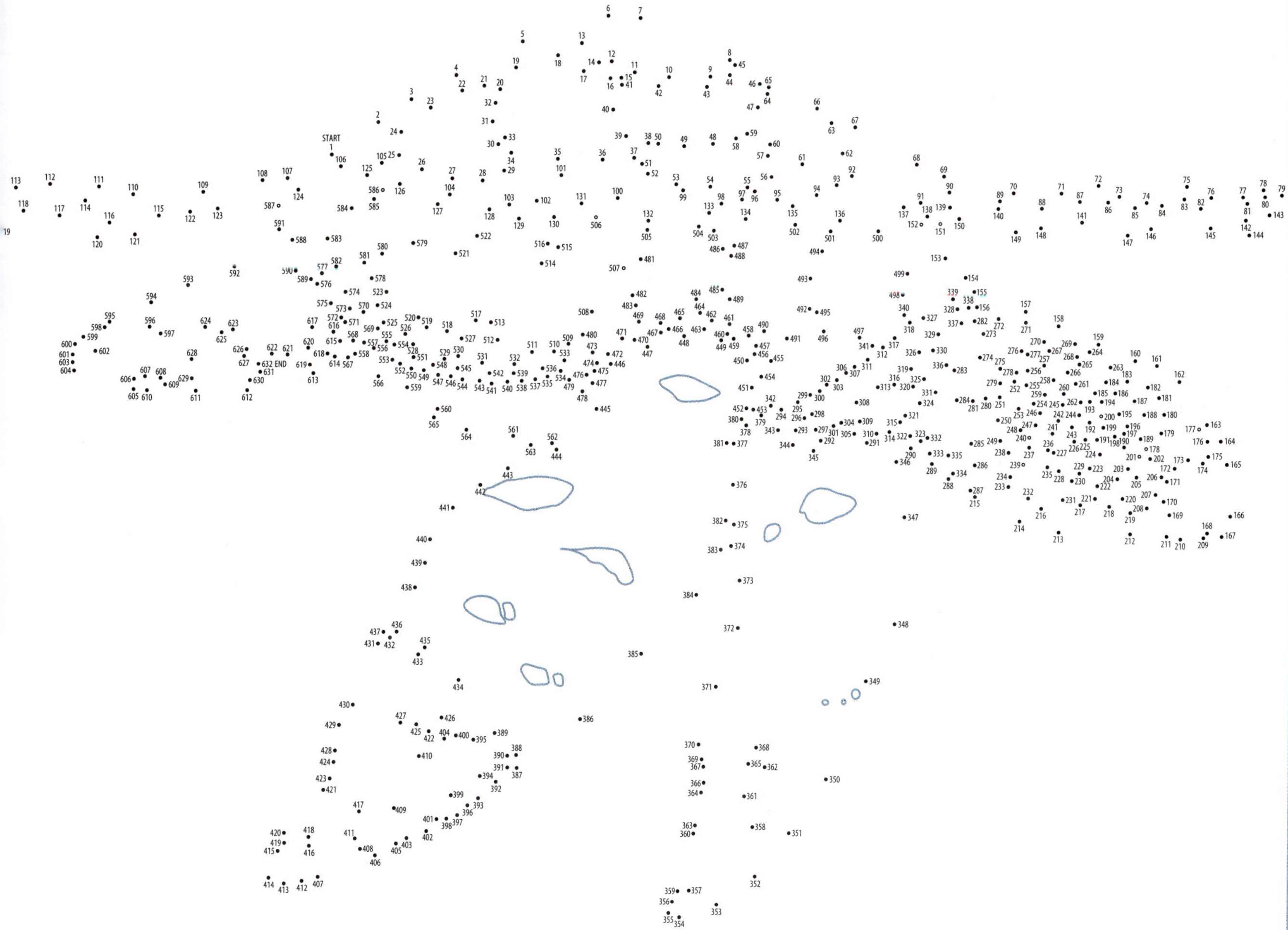
START
END

START
1
502 END

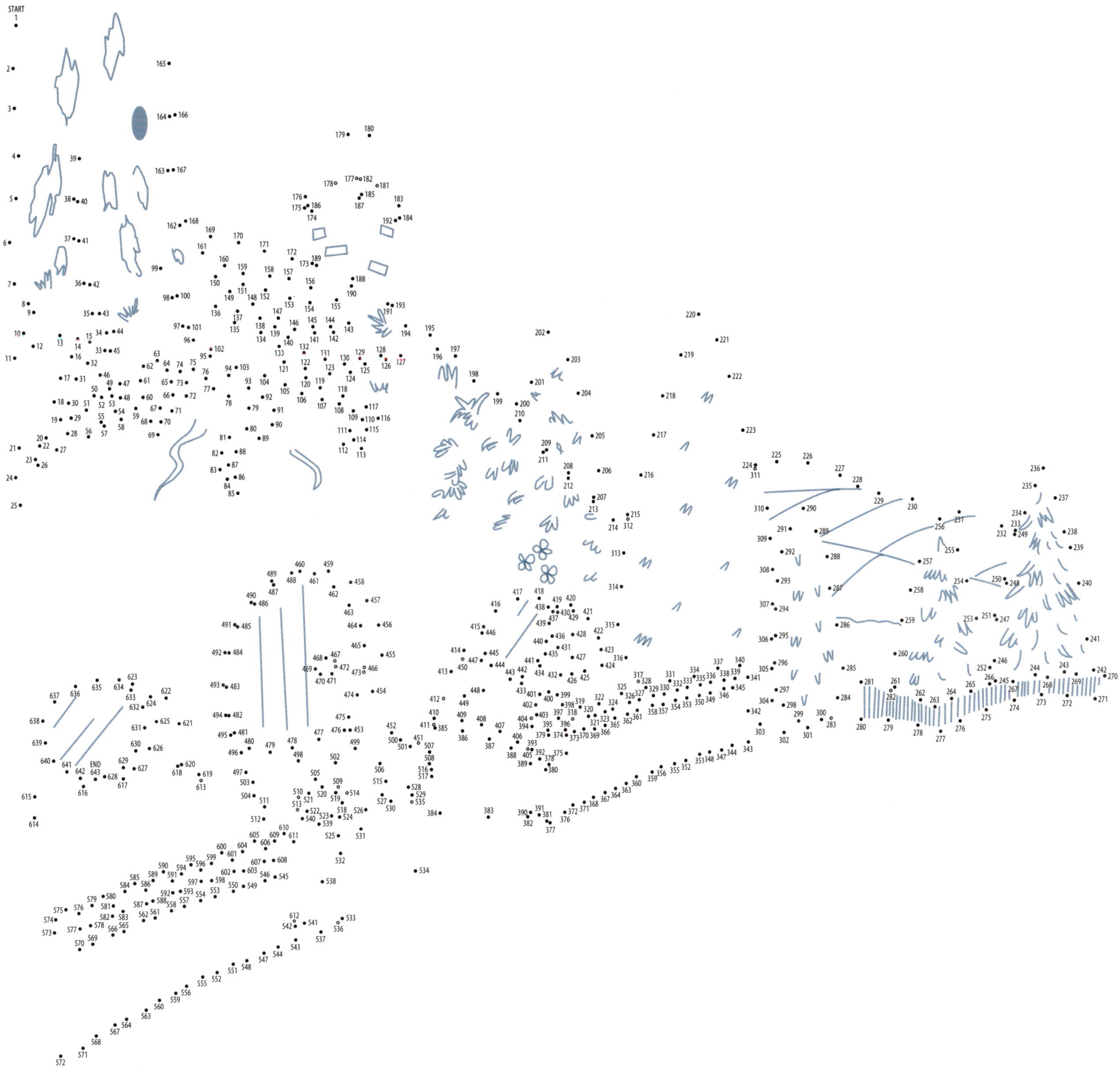
START
END

END
START

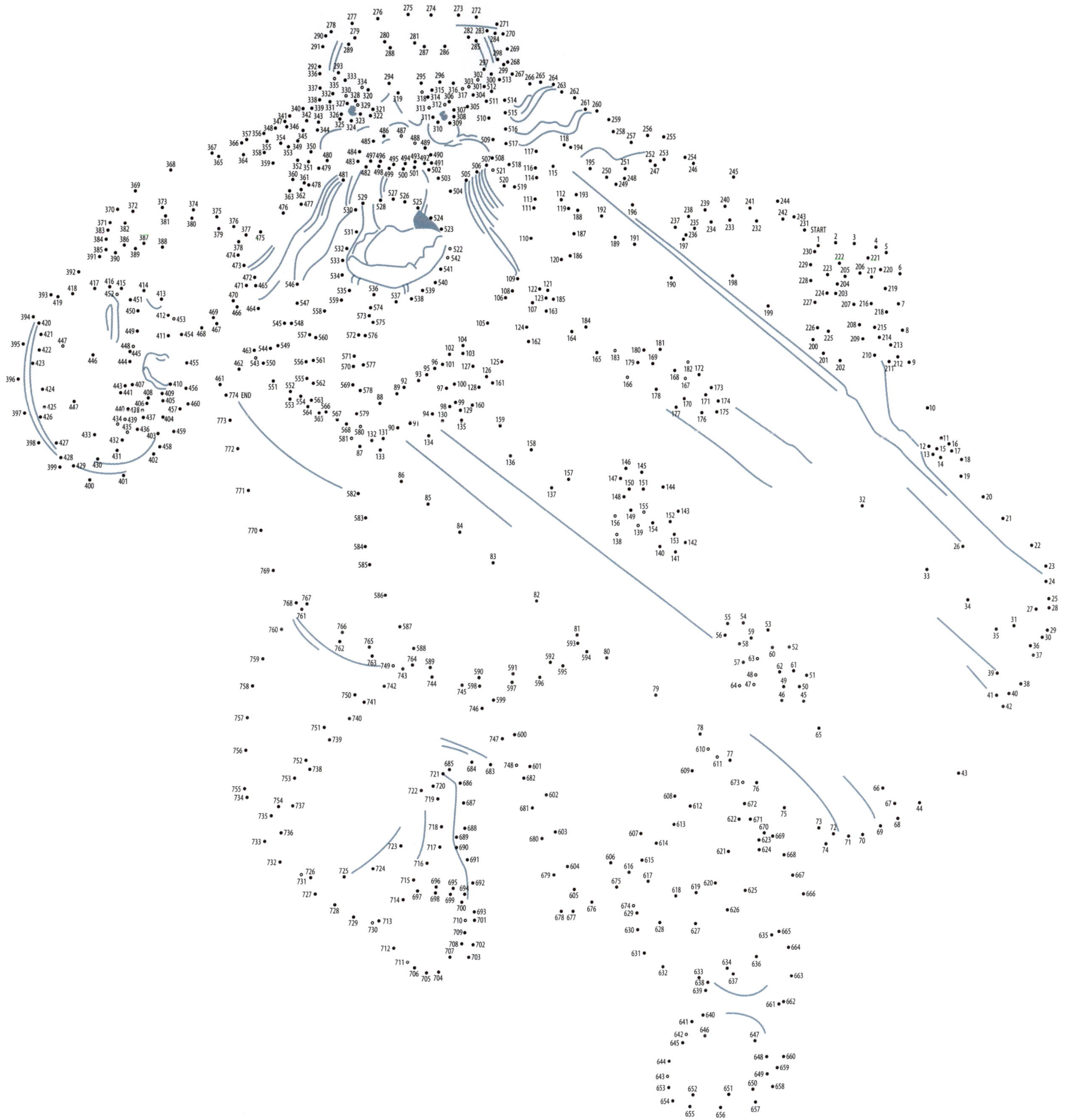
START
END

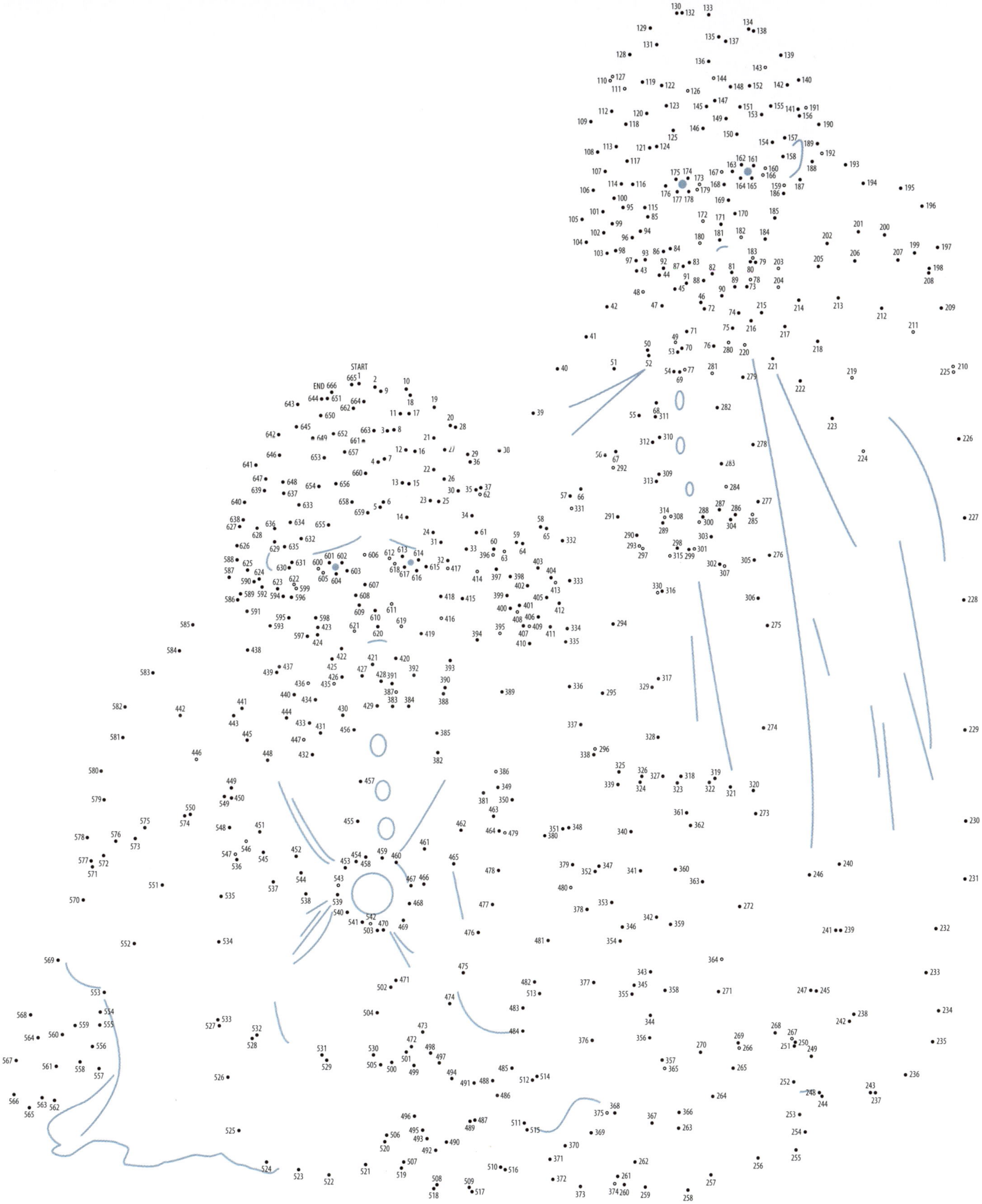
START
END 666

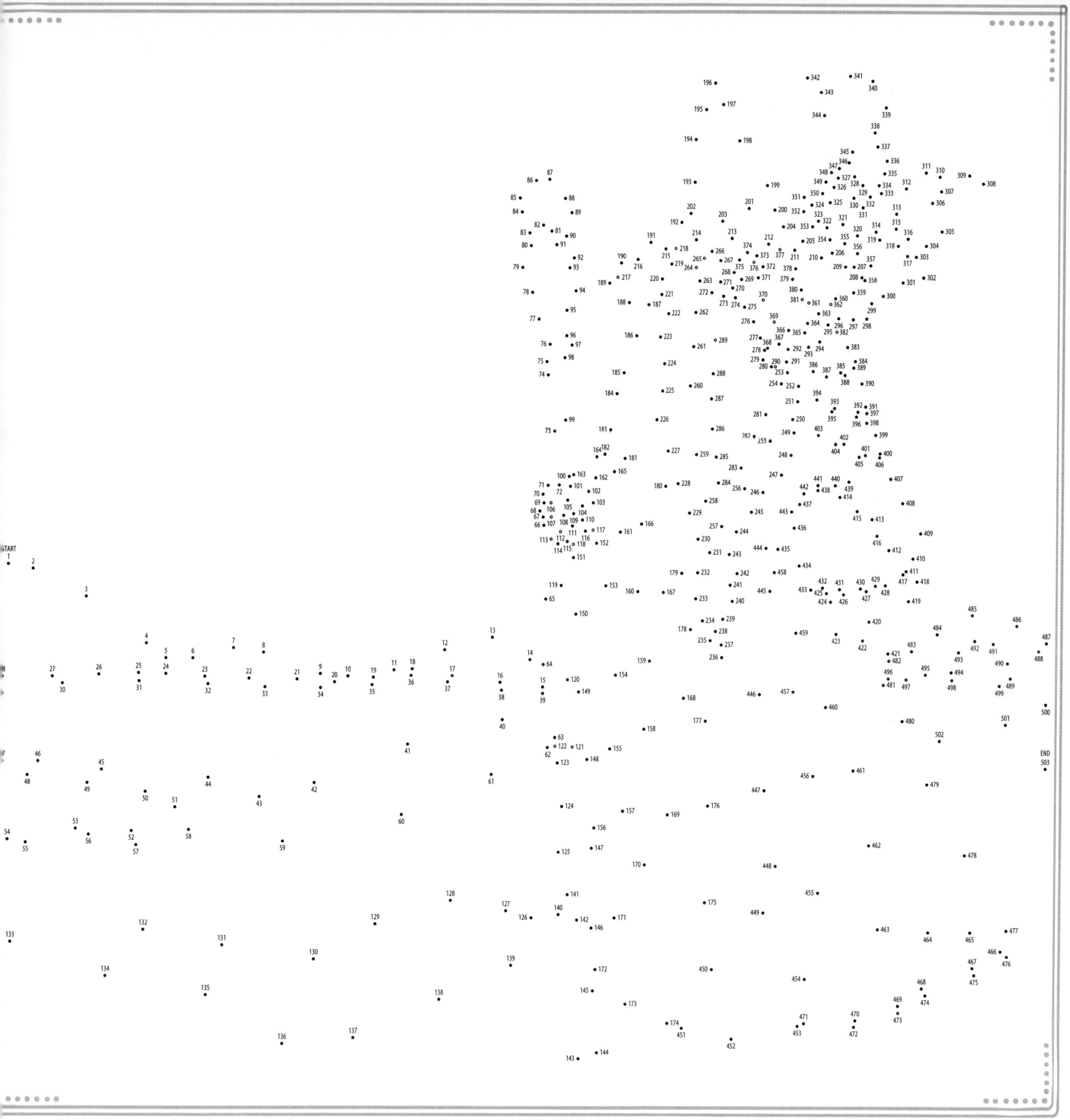
START
END

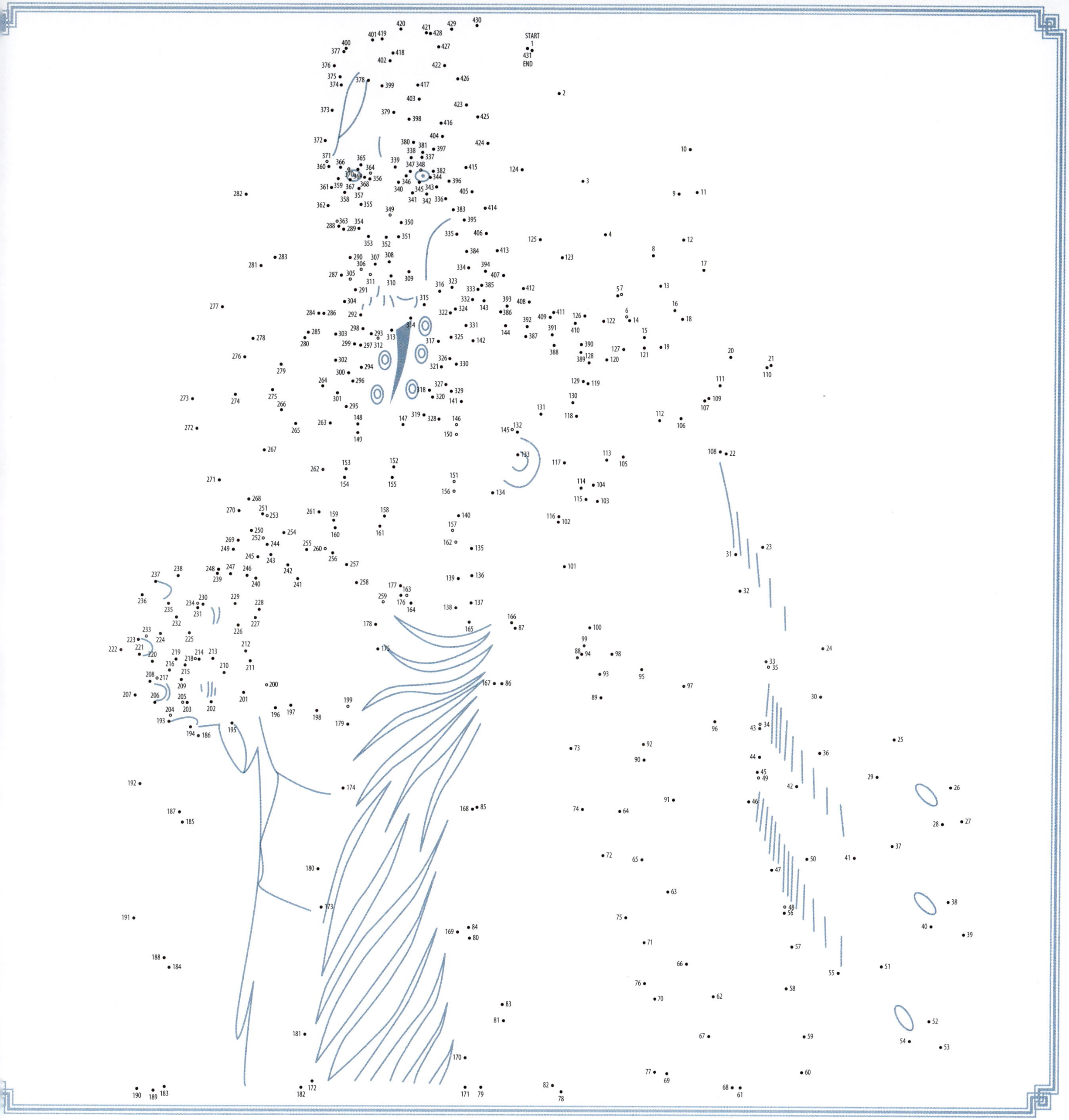
START
1
431
END

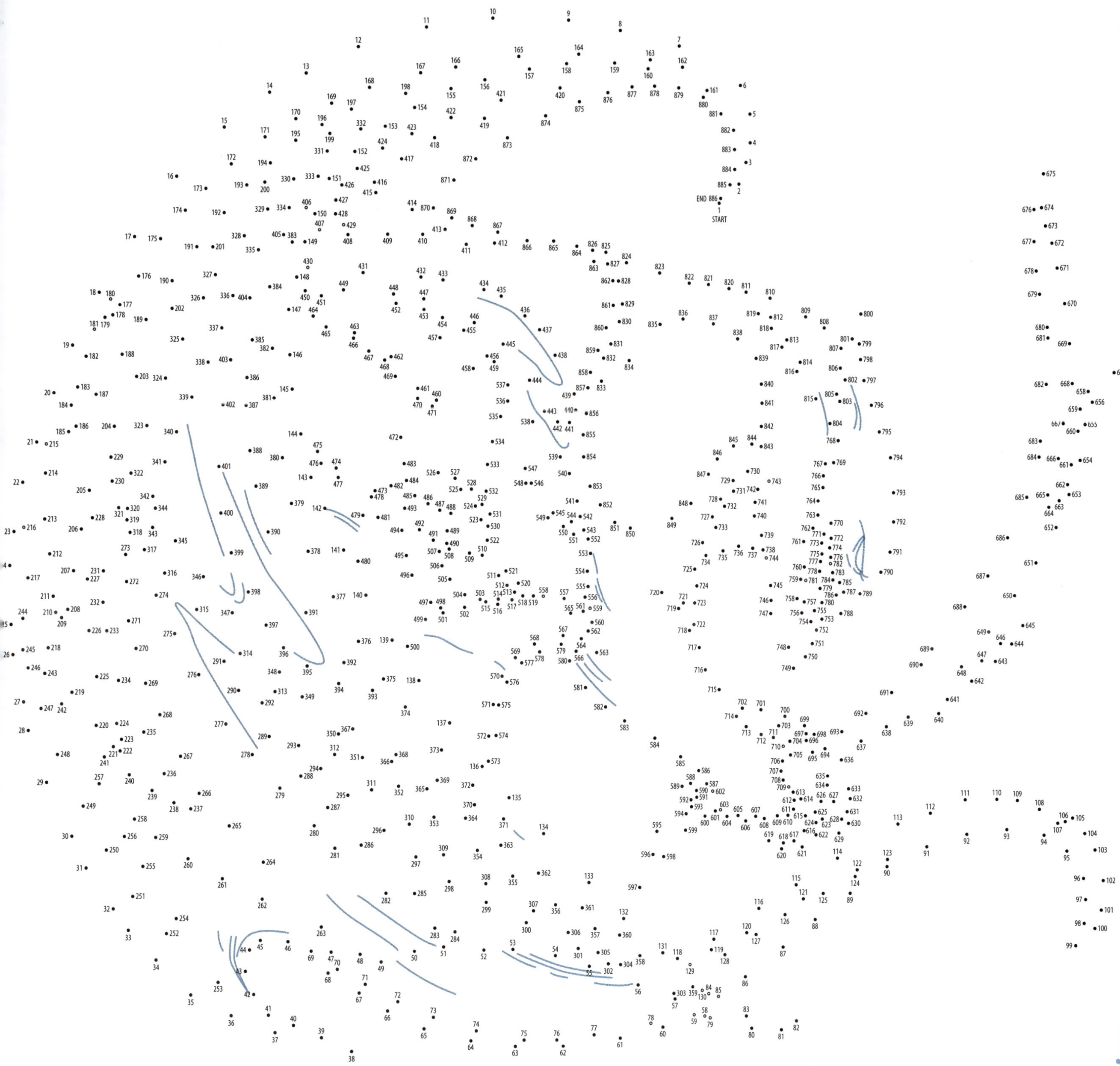
END 886
1
START

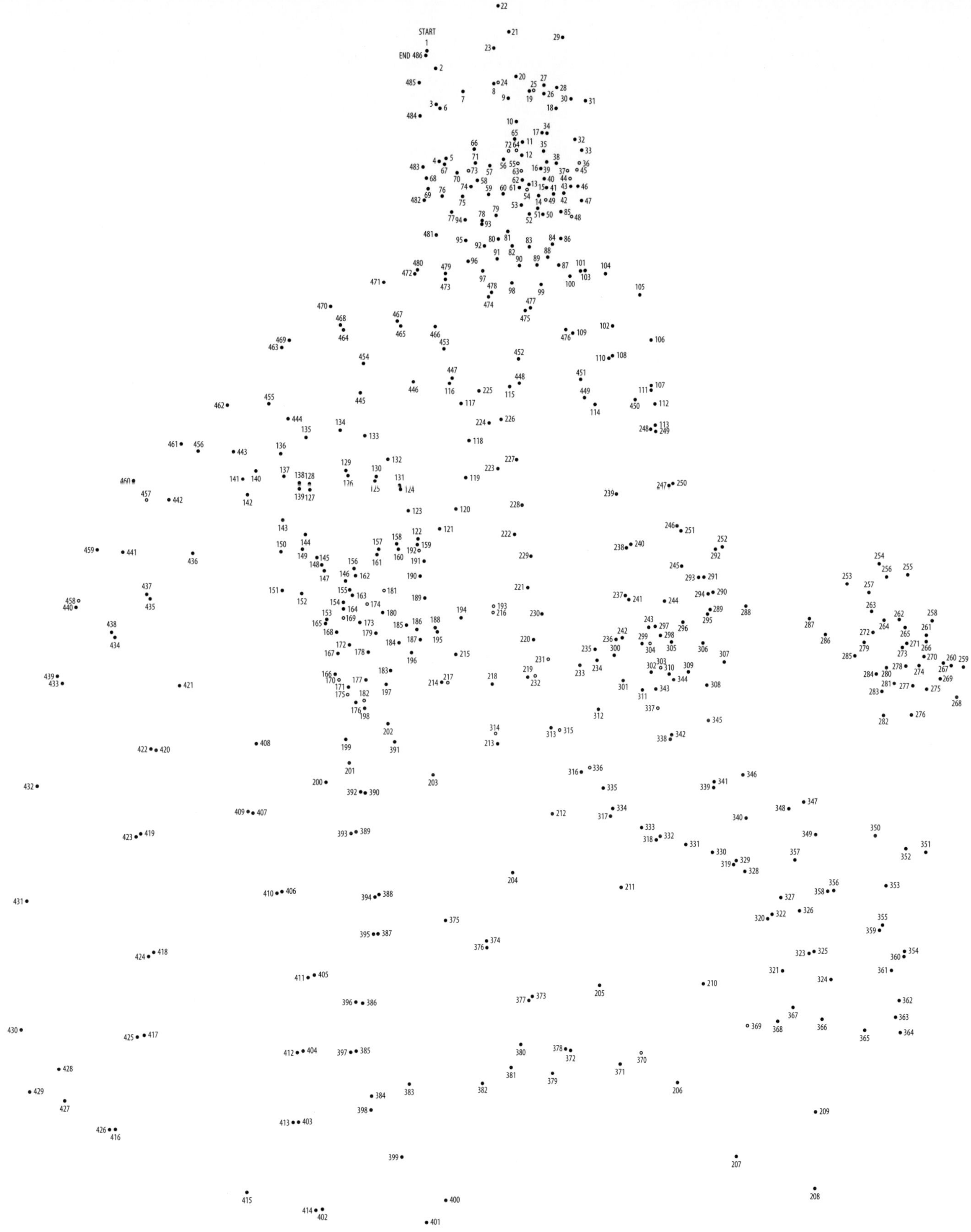
START
END

START
END

START 1
END

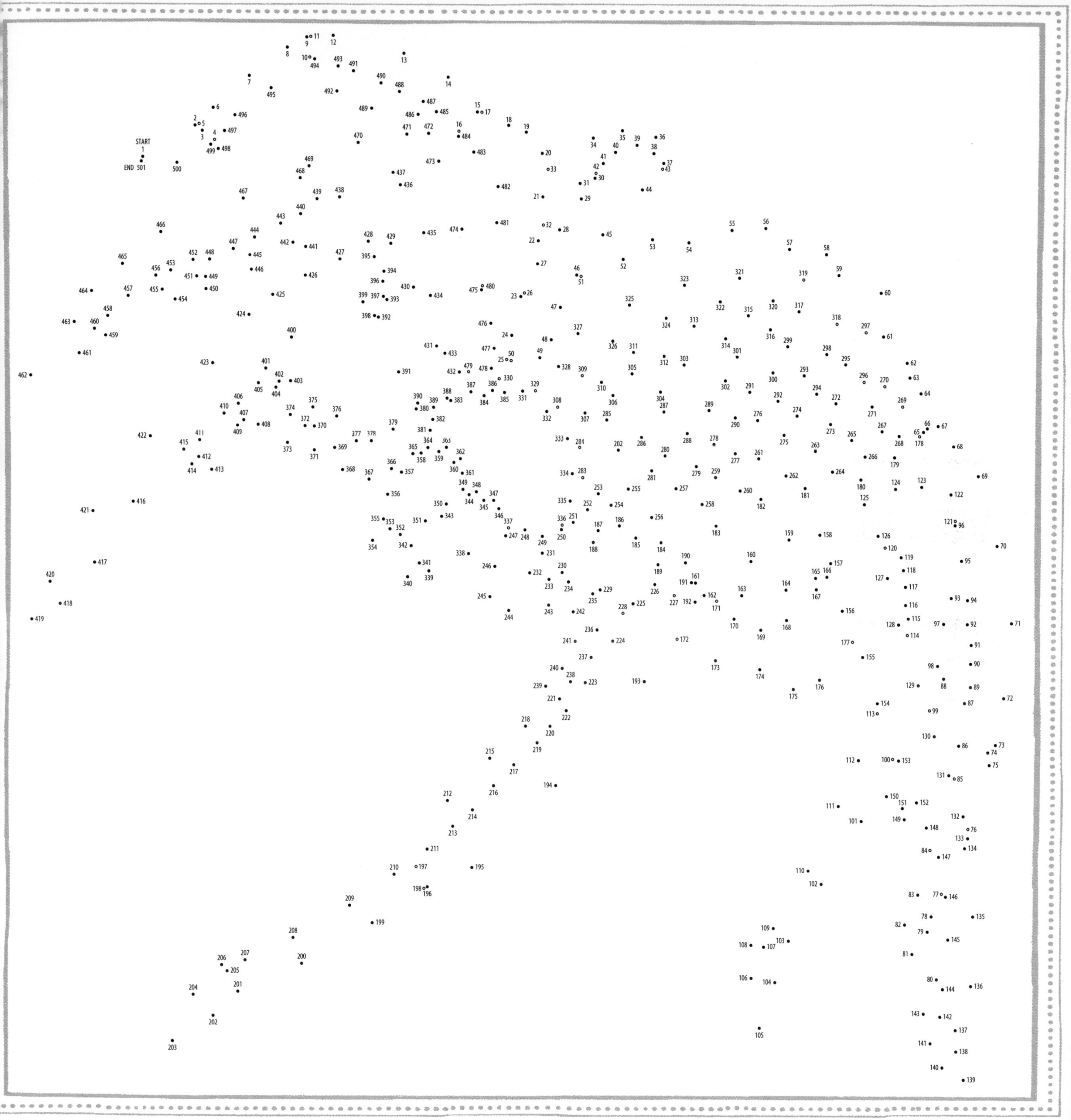
START
END

END

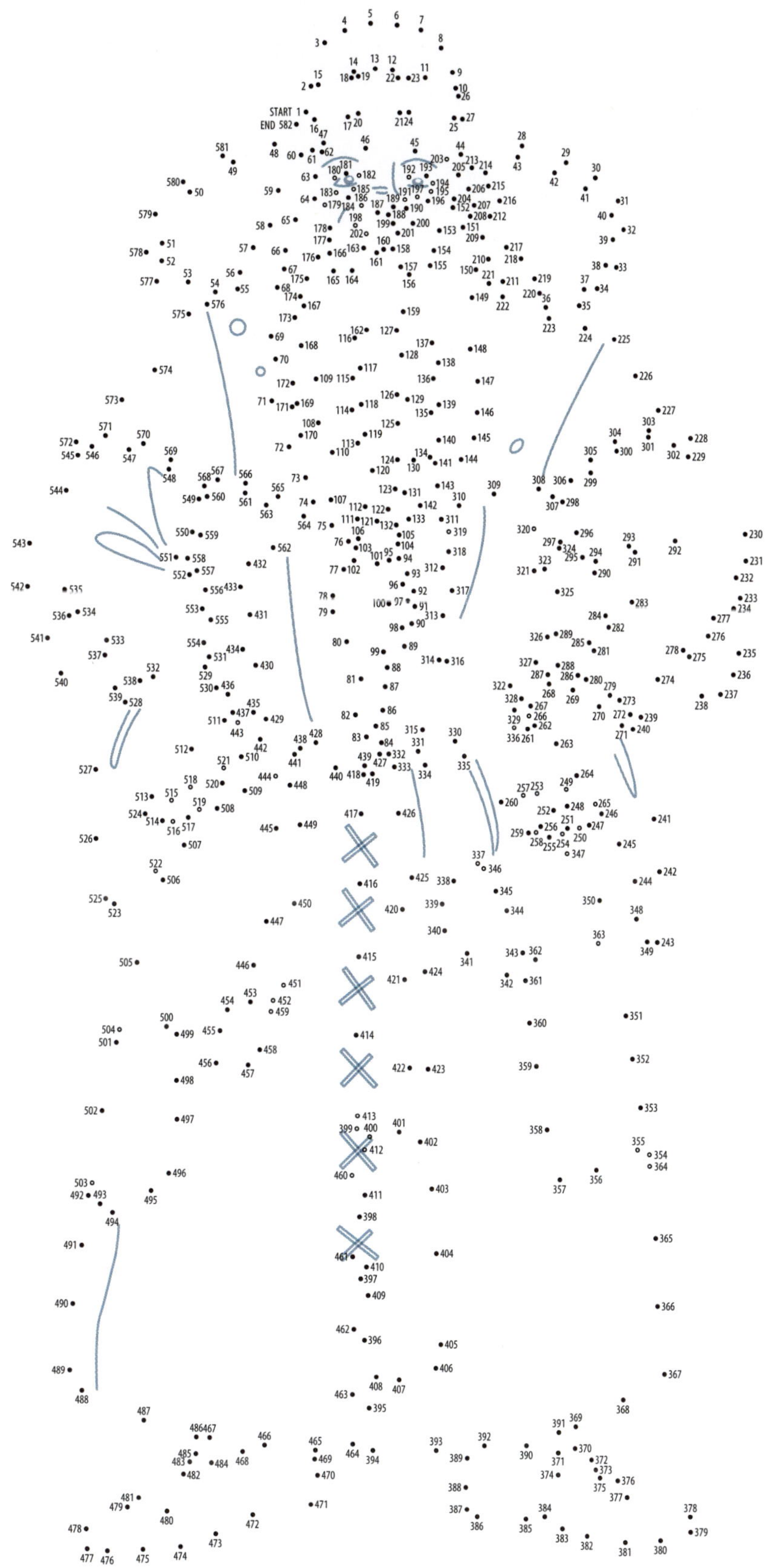
START 1
END 582

START
1
END 592

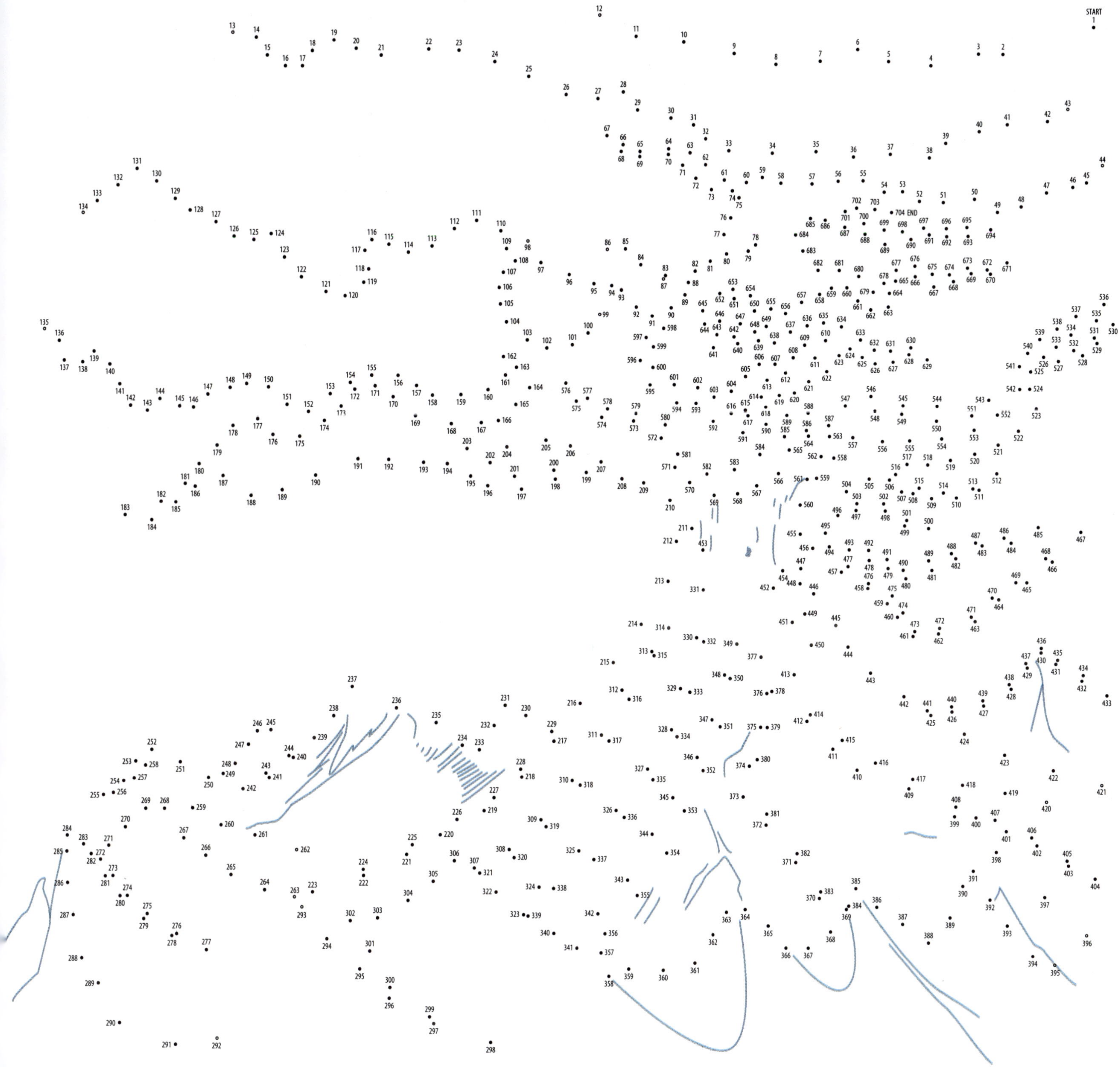
START
END

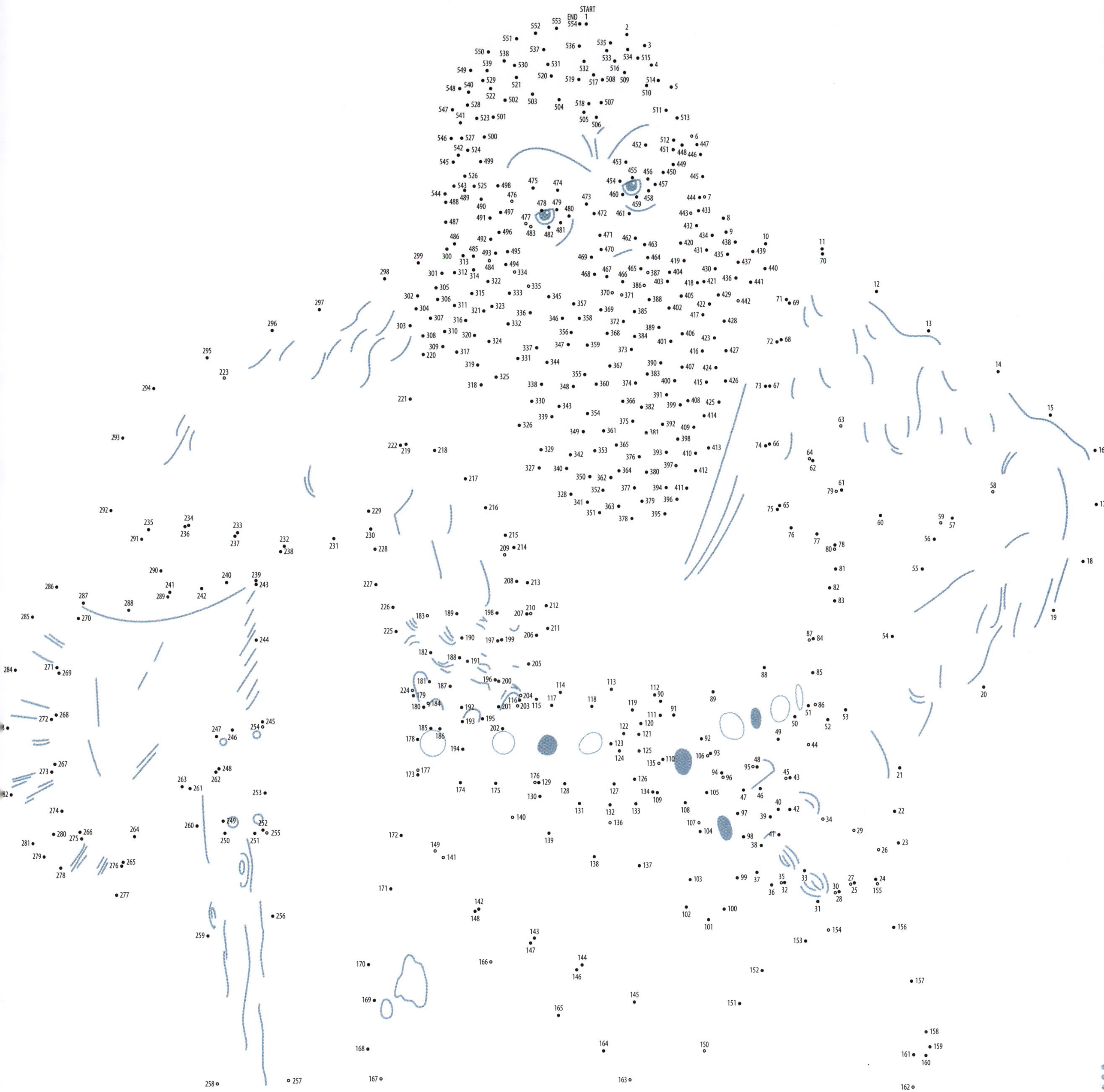
START
END 1

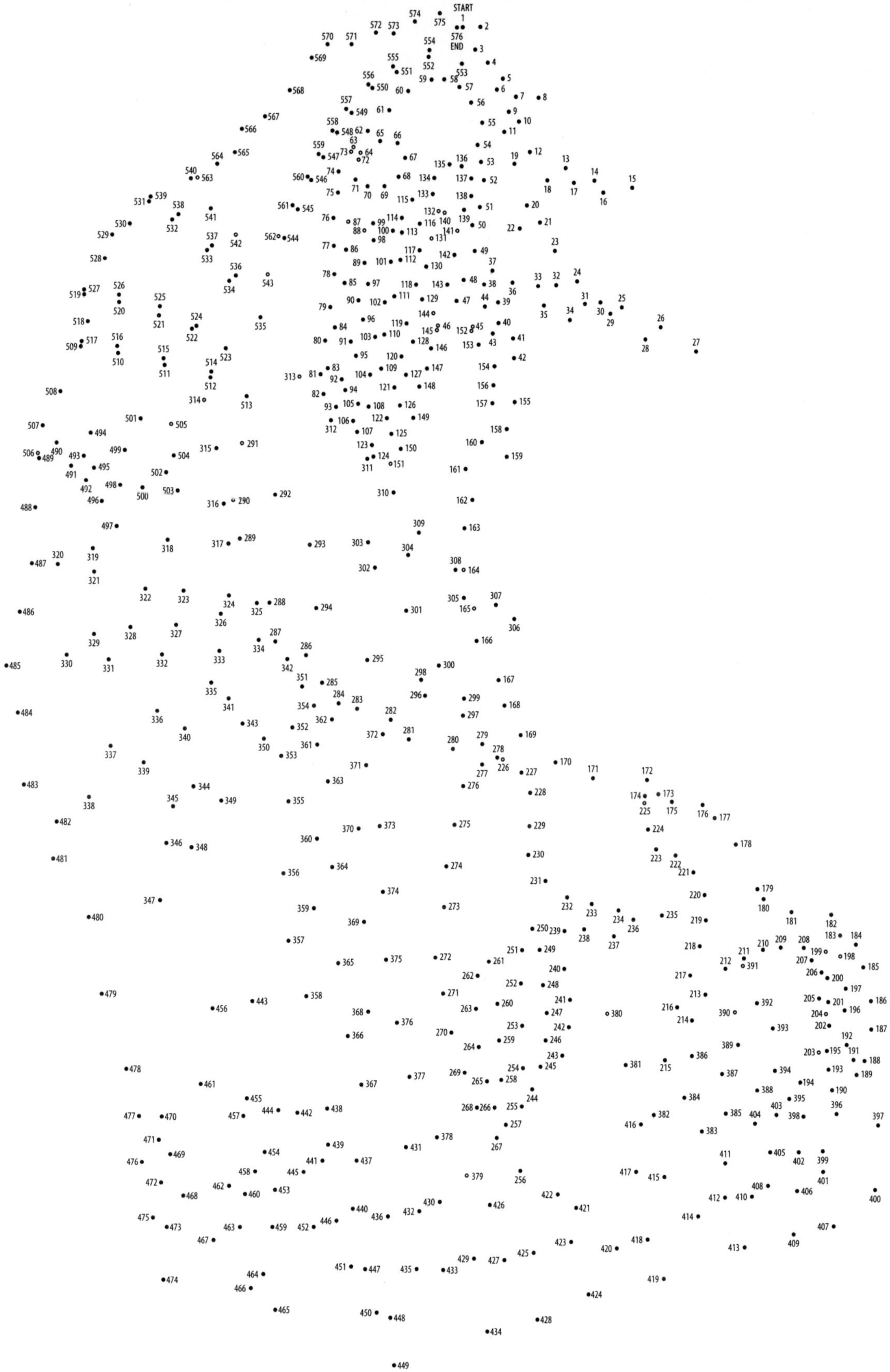
START
END

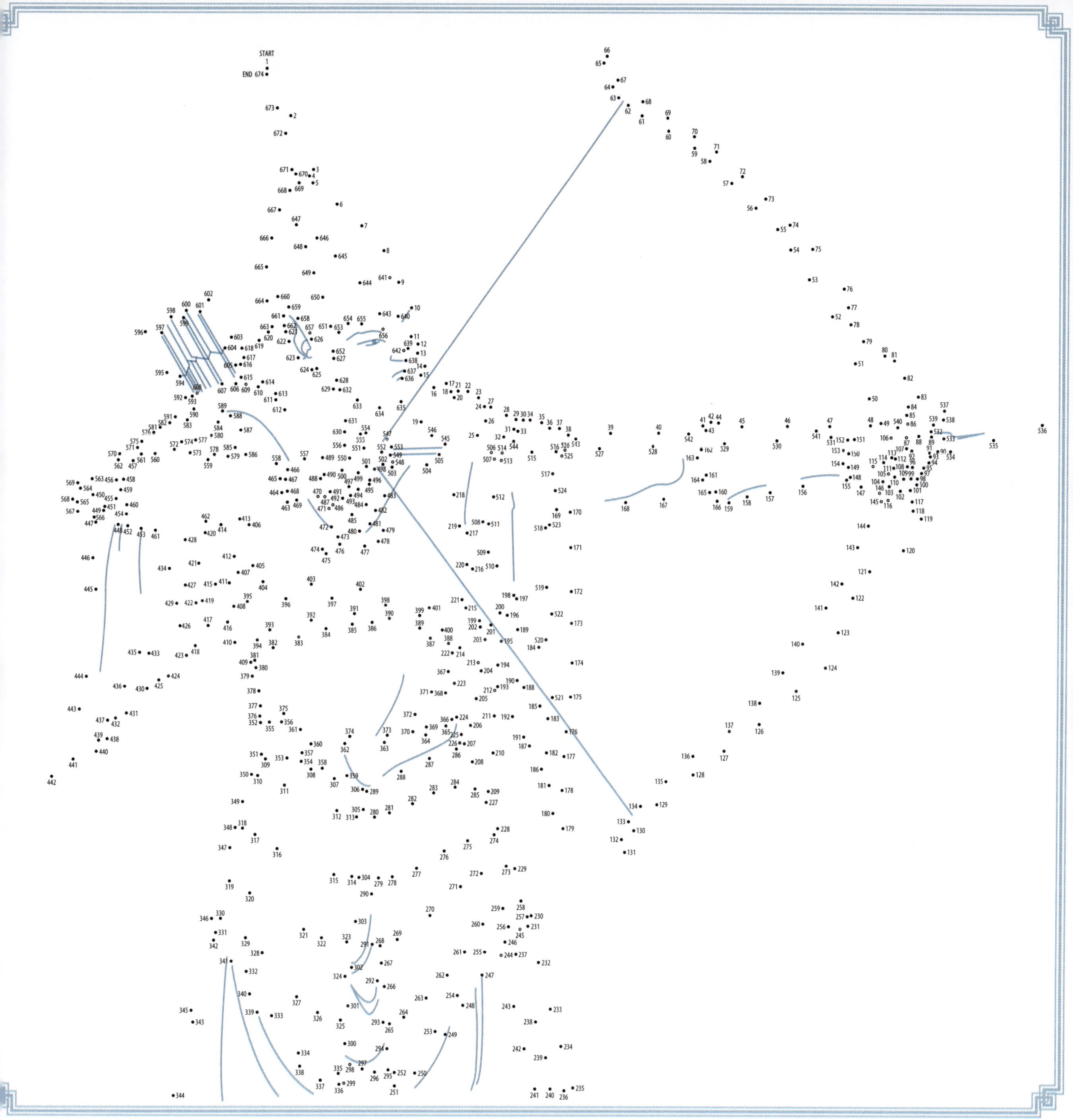
START
END

START
END

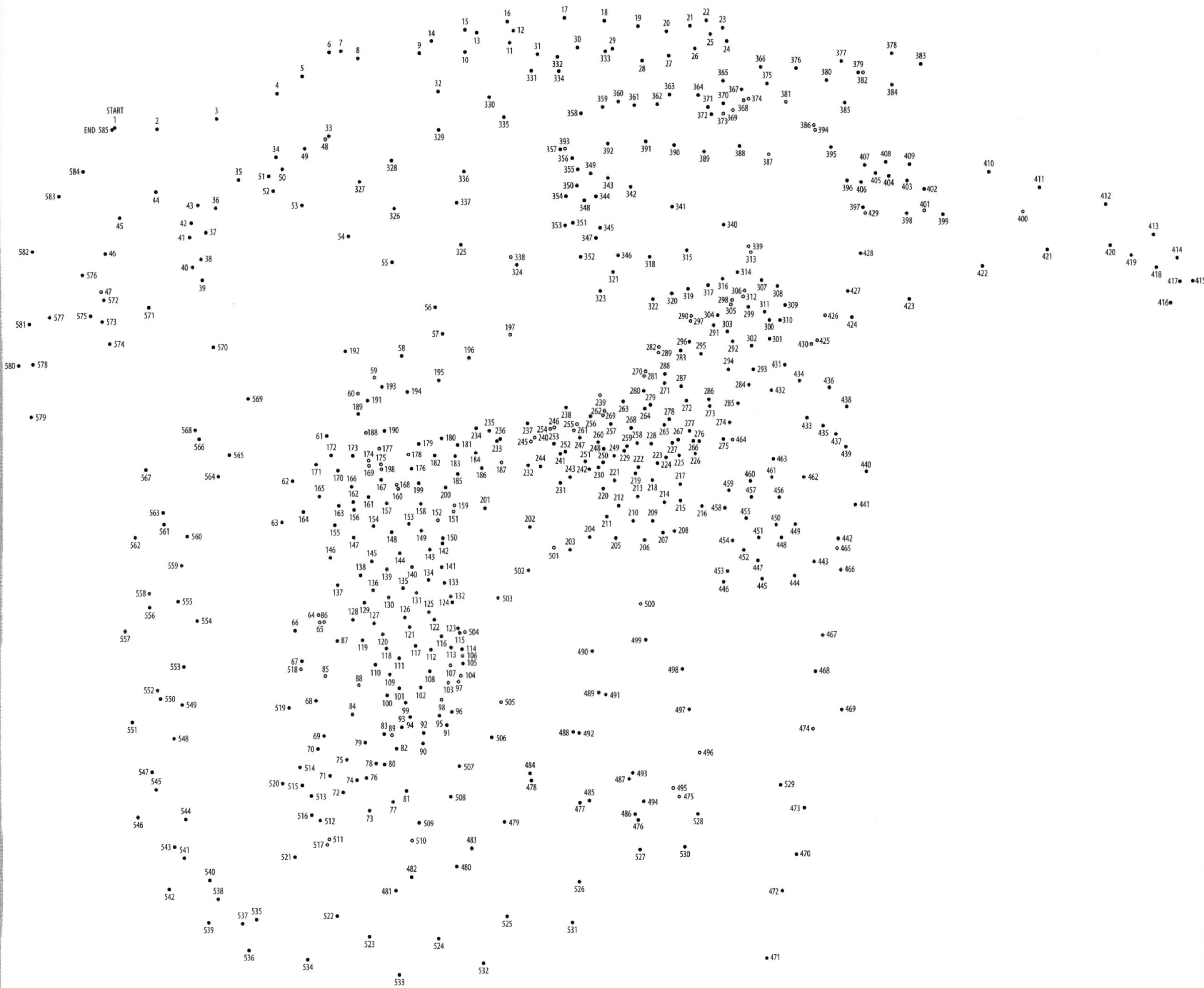
START
END

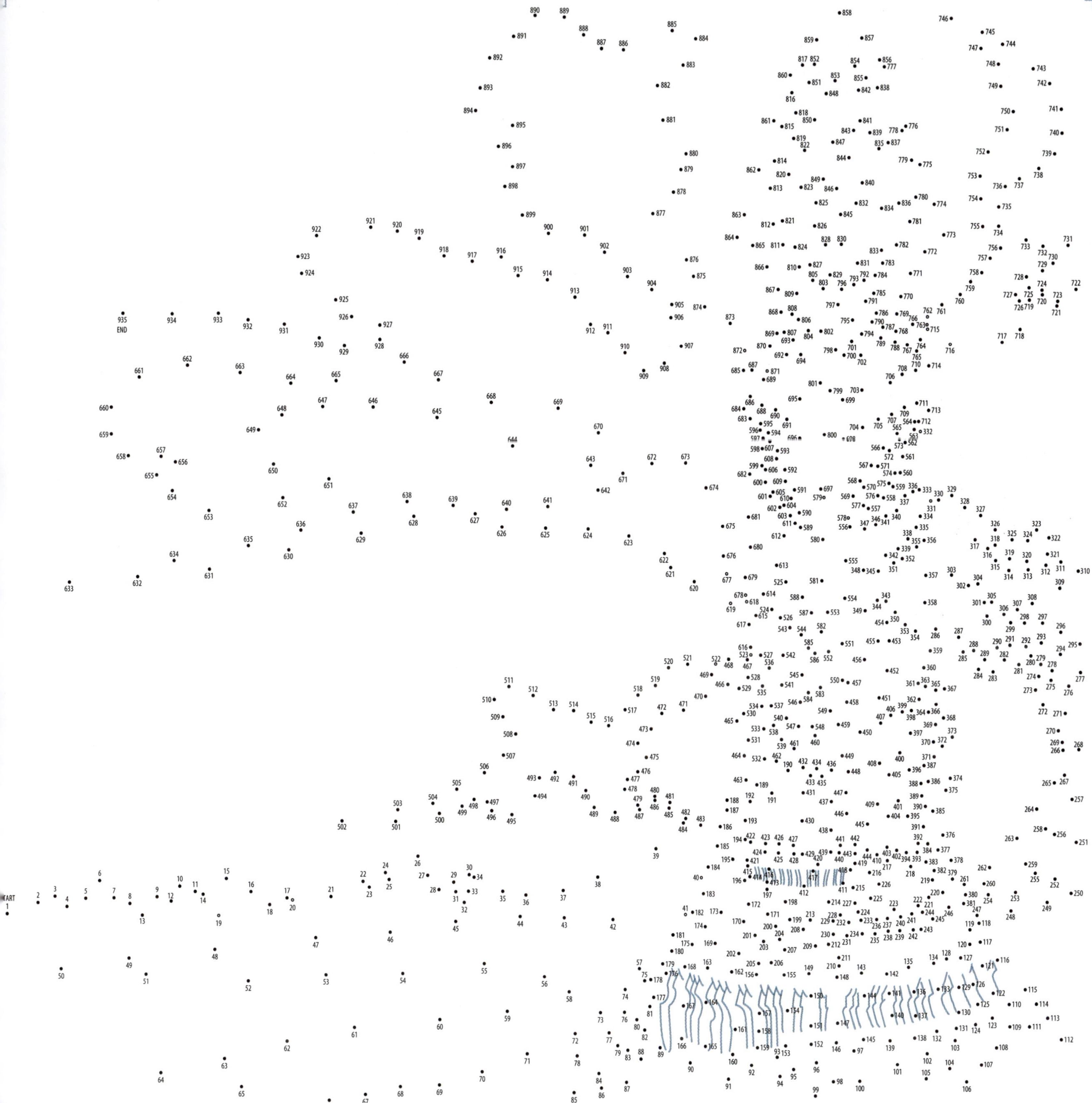
START
END

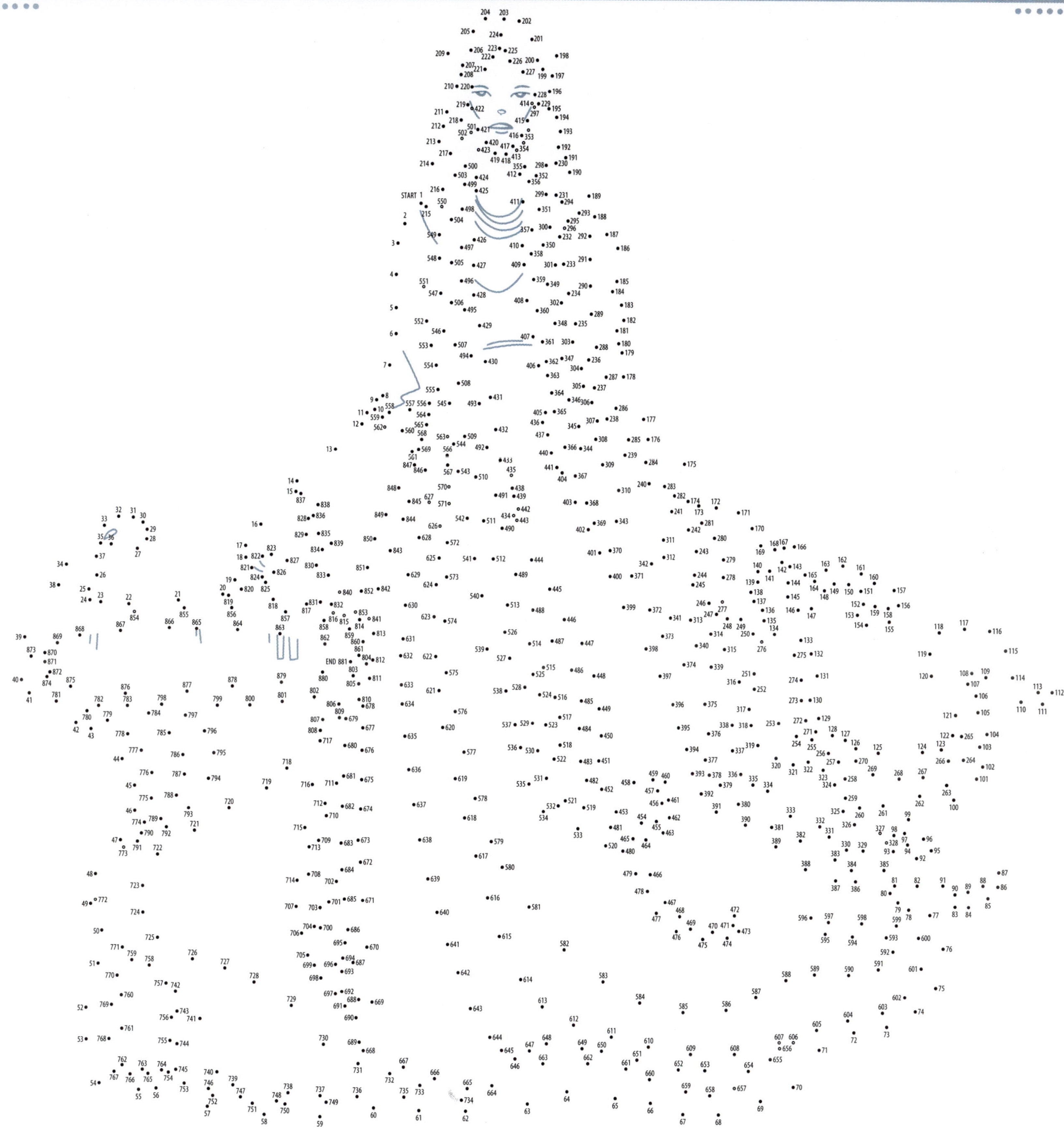
START 1
END 881

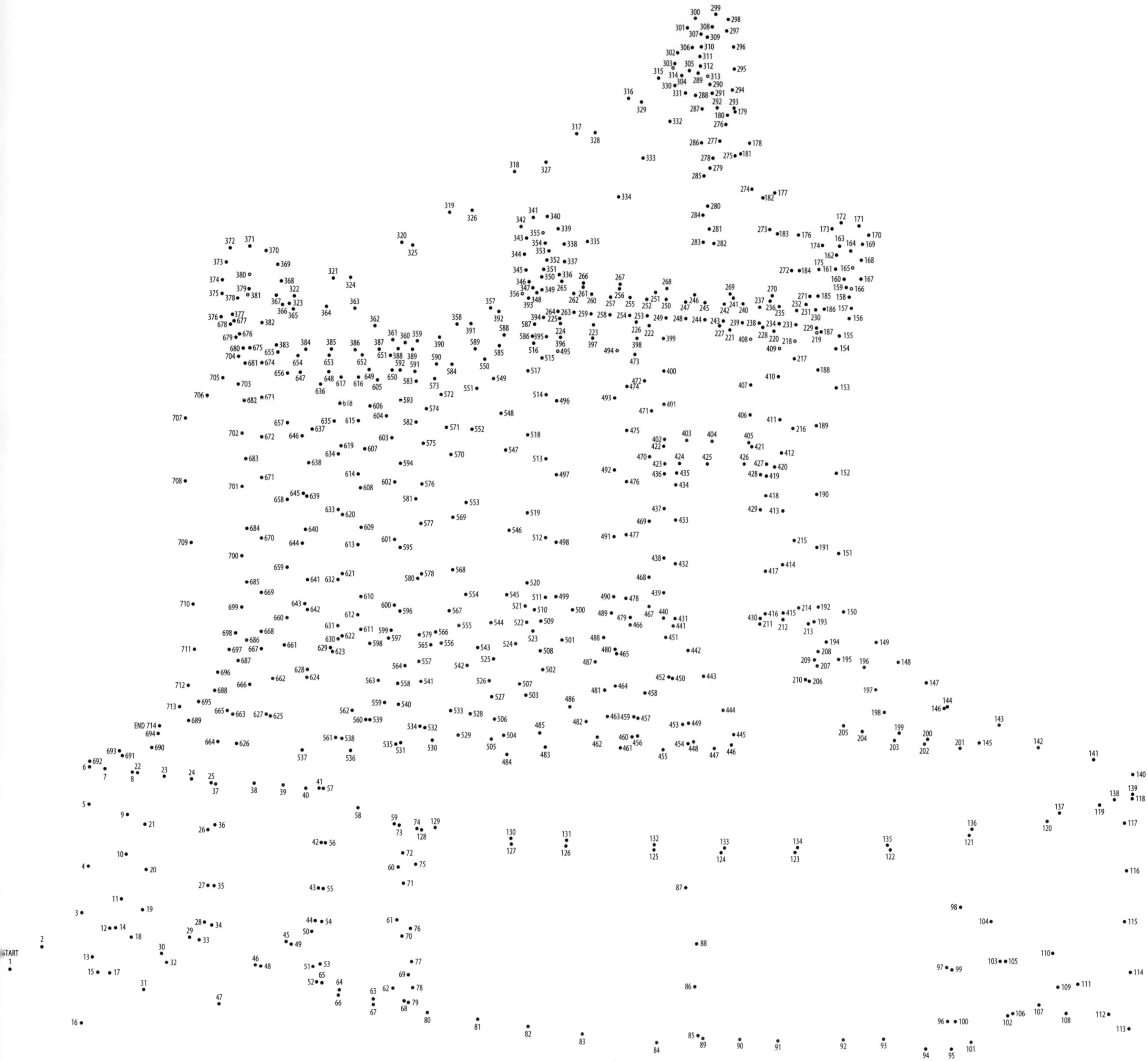
START
END 714

START
574 END

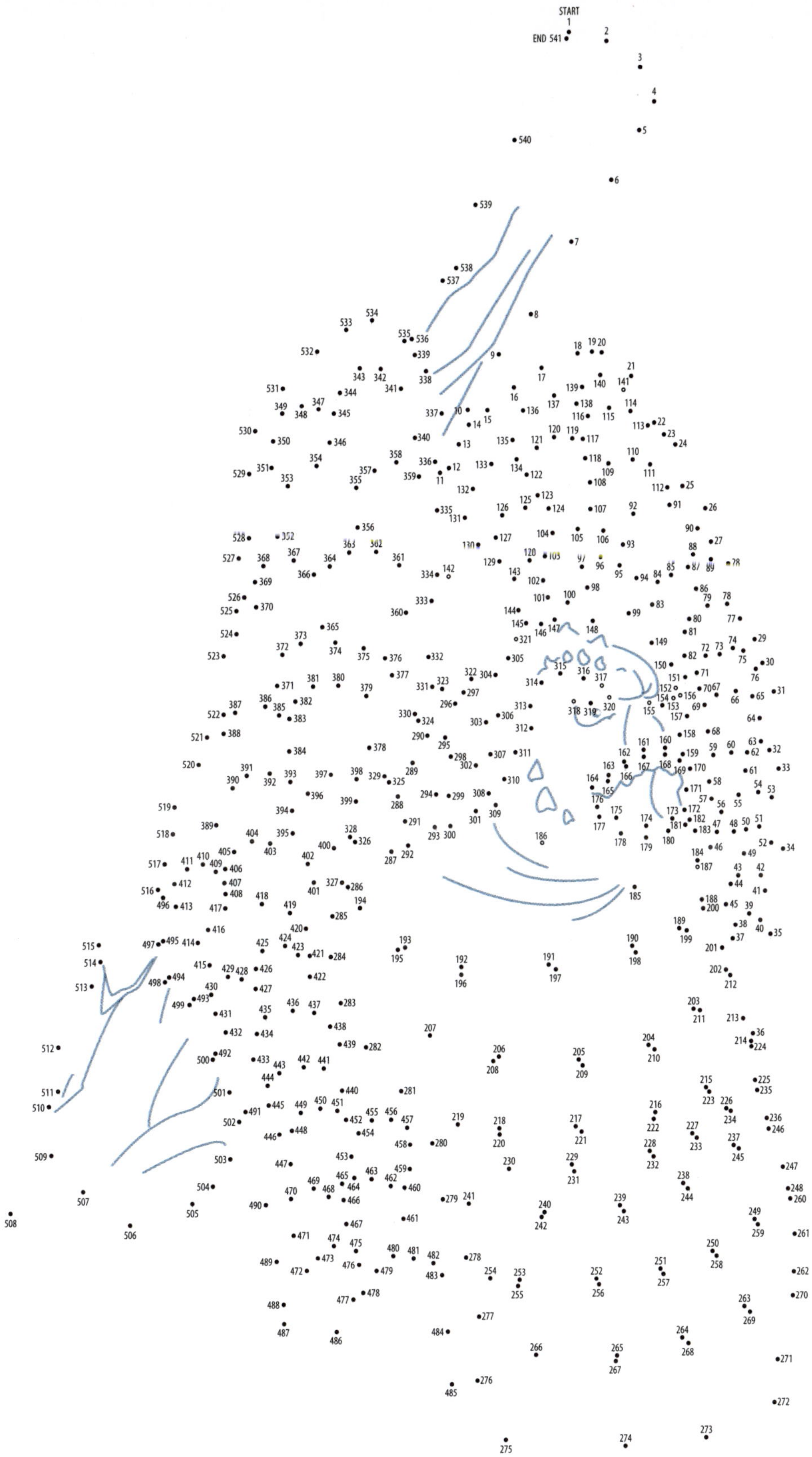
START
END 541

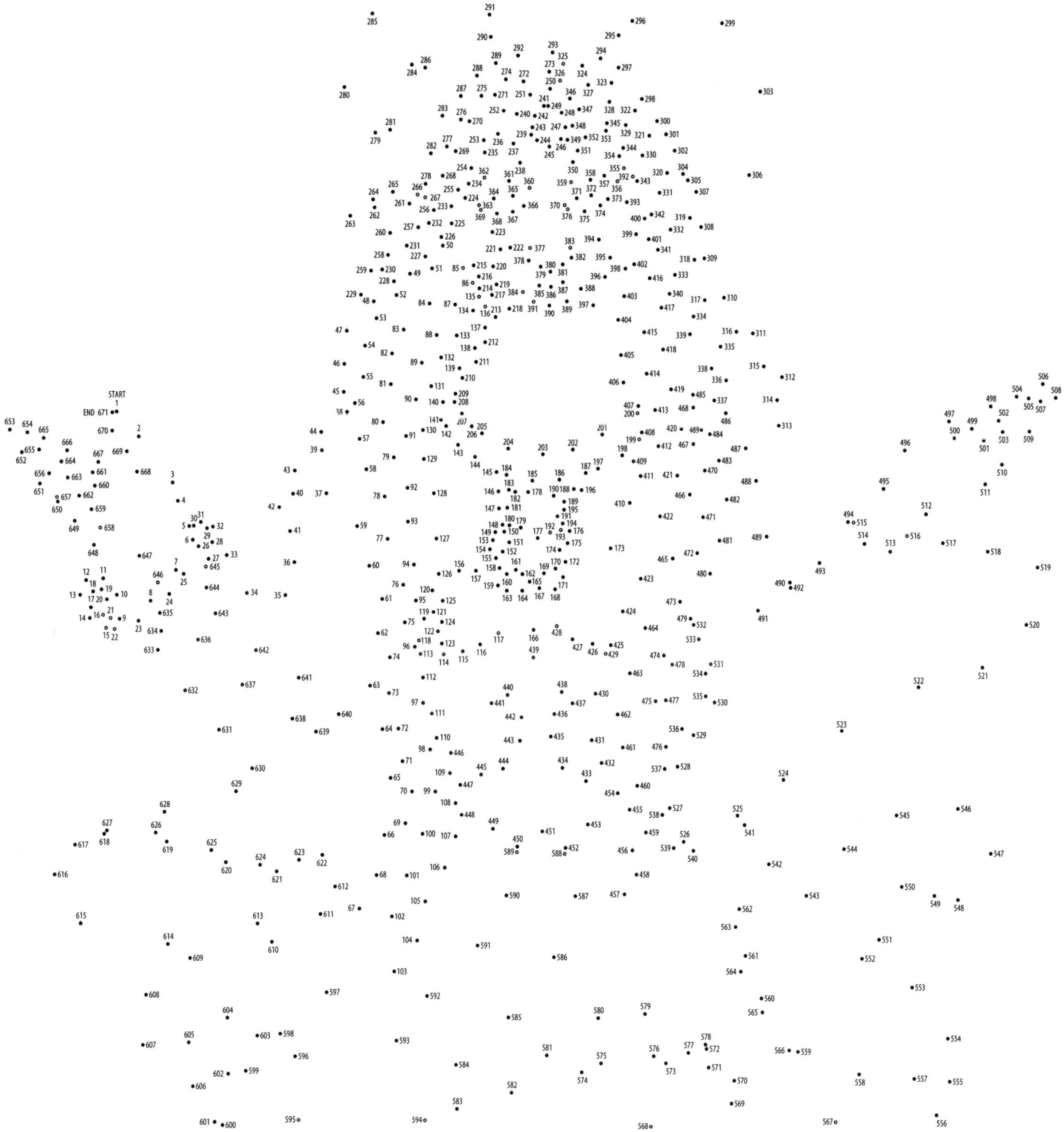
START
END

END
START

START
END

1 START
508 END

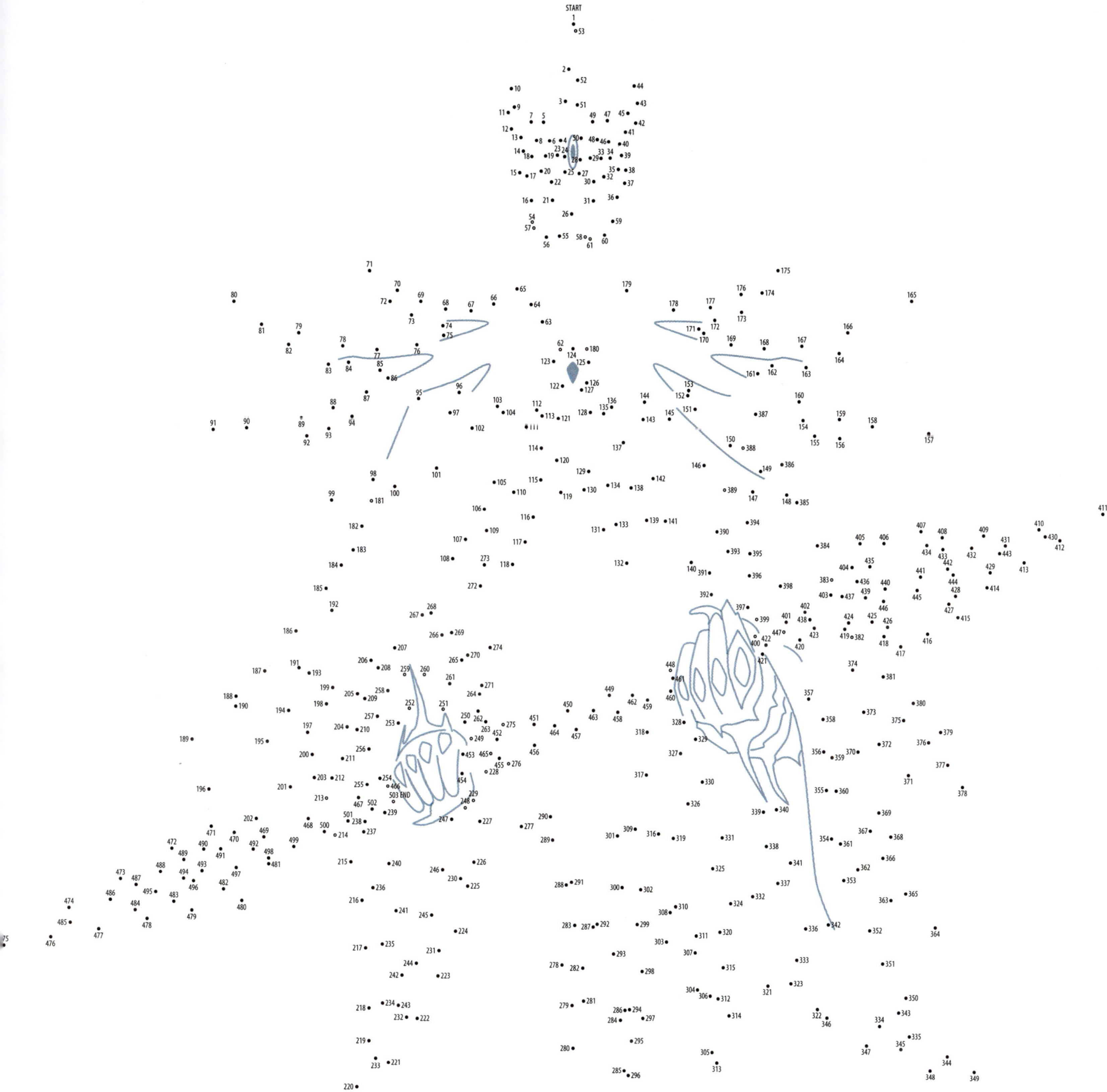
START
END

START
END

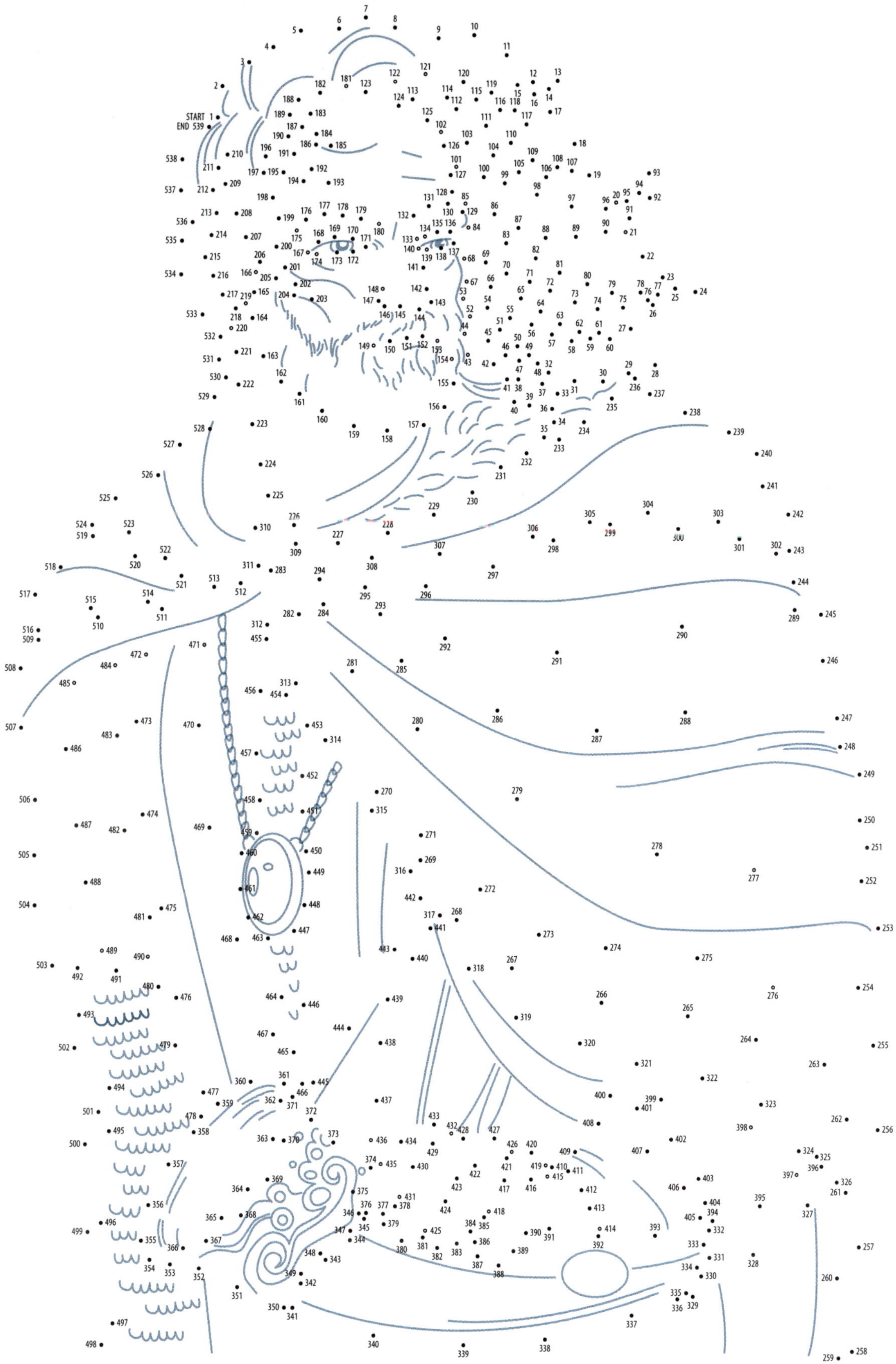
START 1
END 539

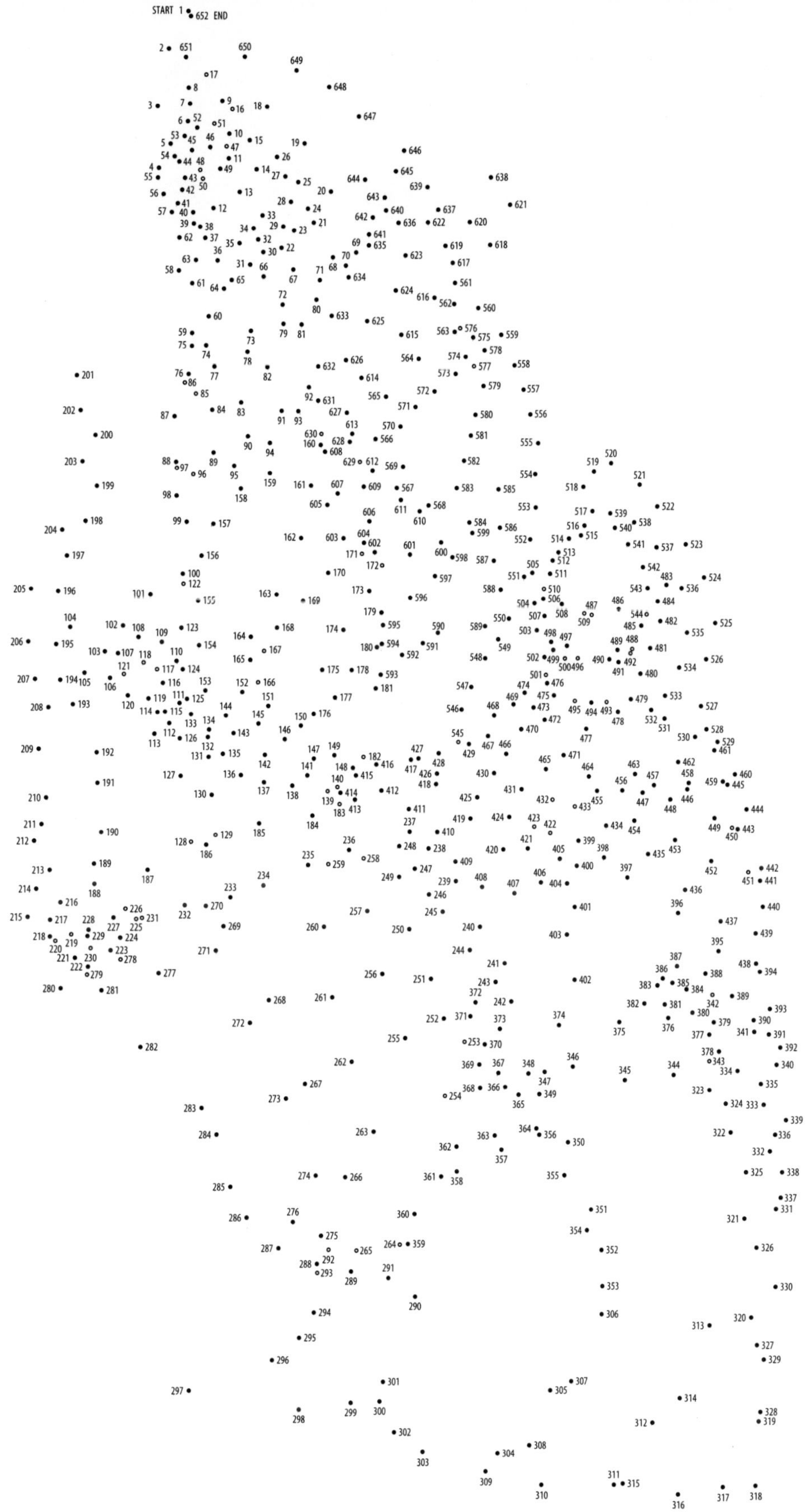
START 1
652 END

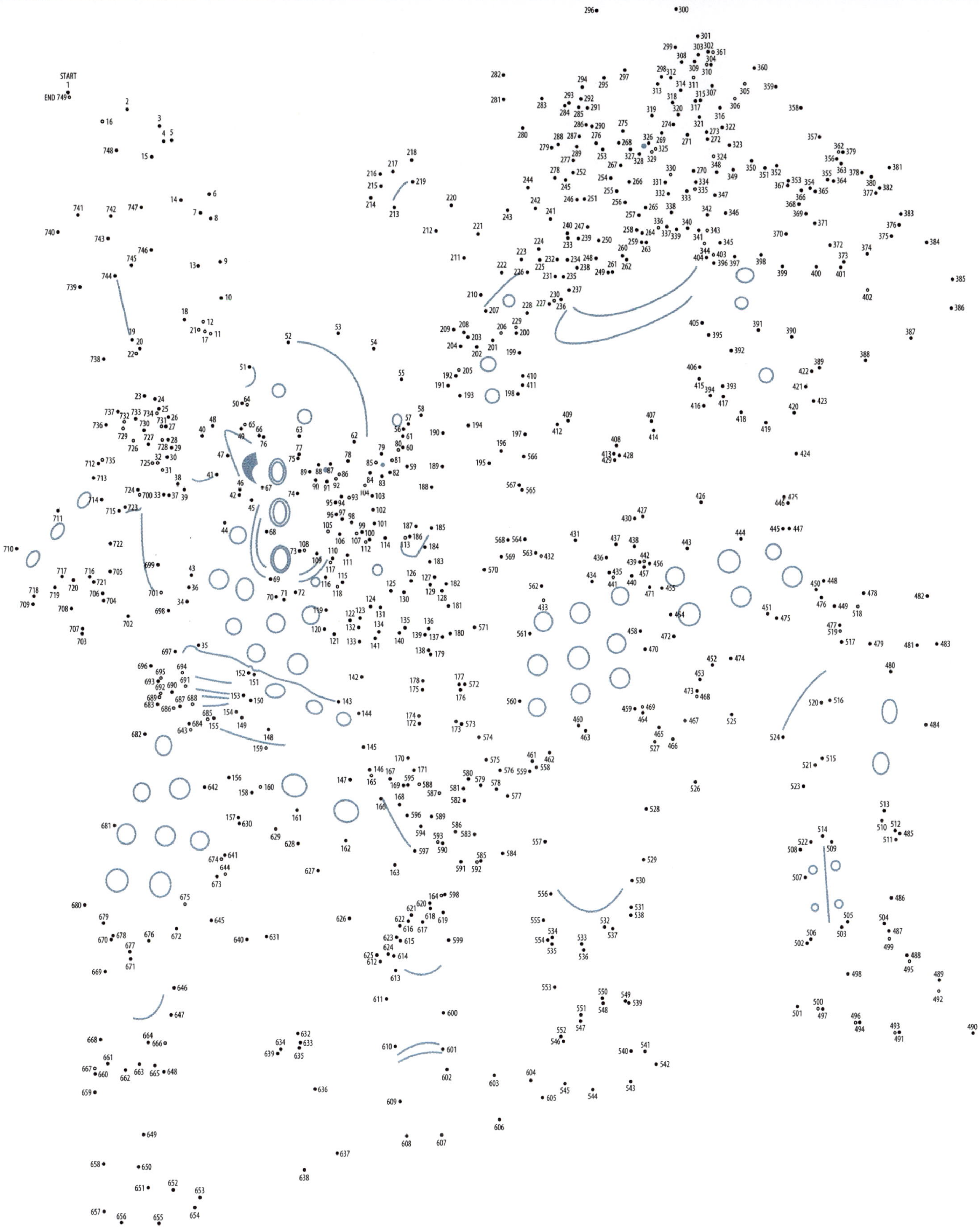
START
1
END 749

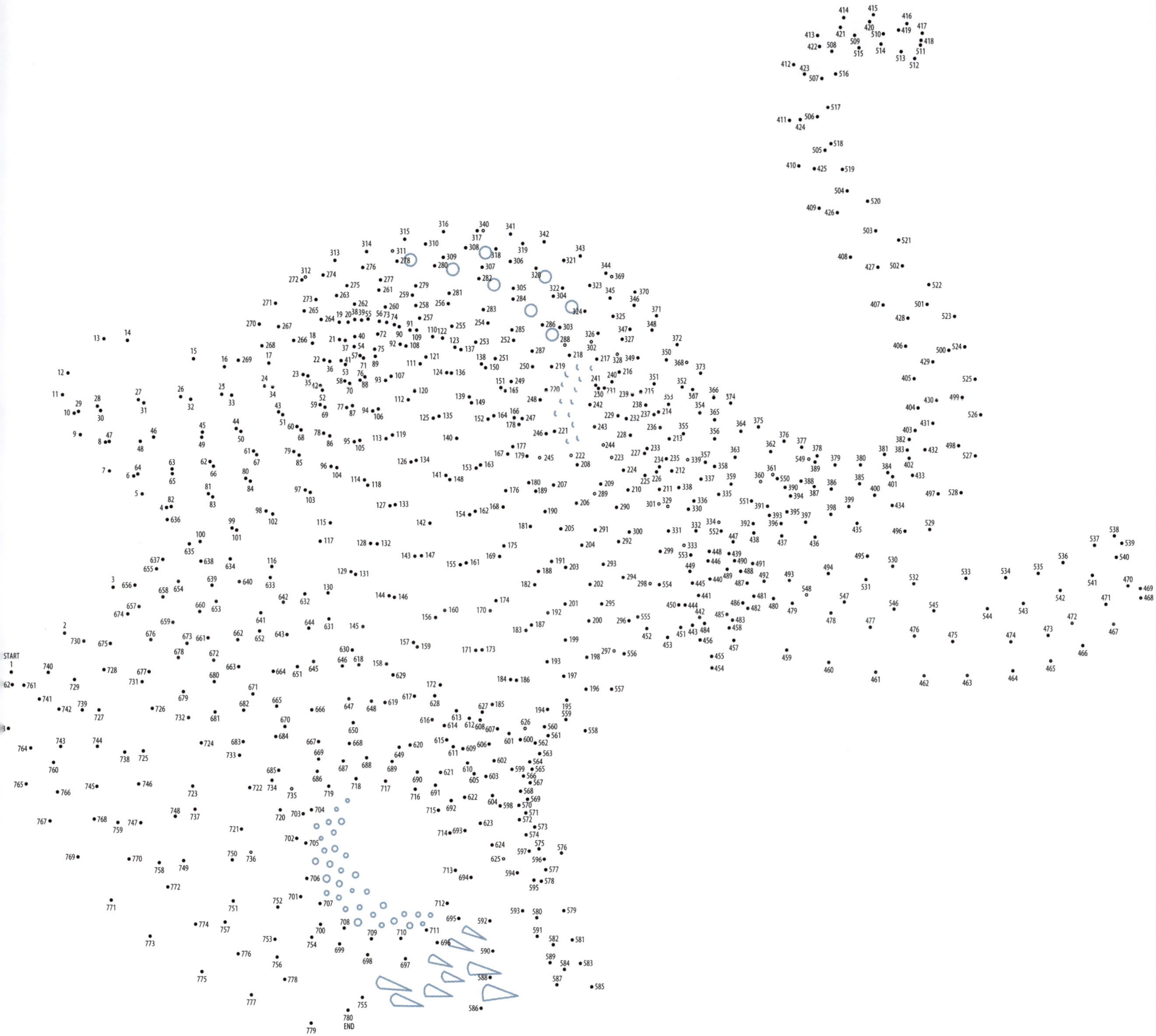
START
END

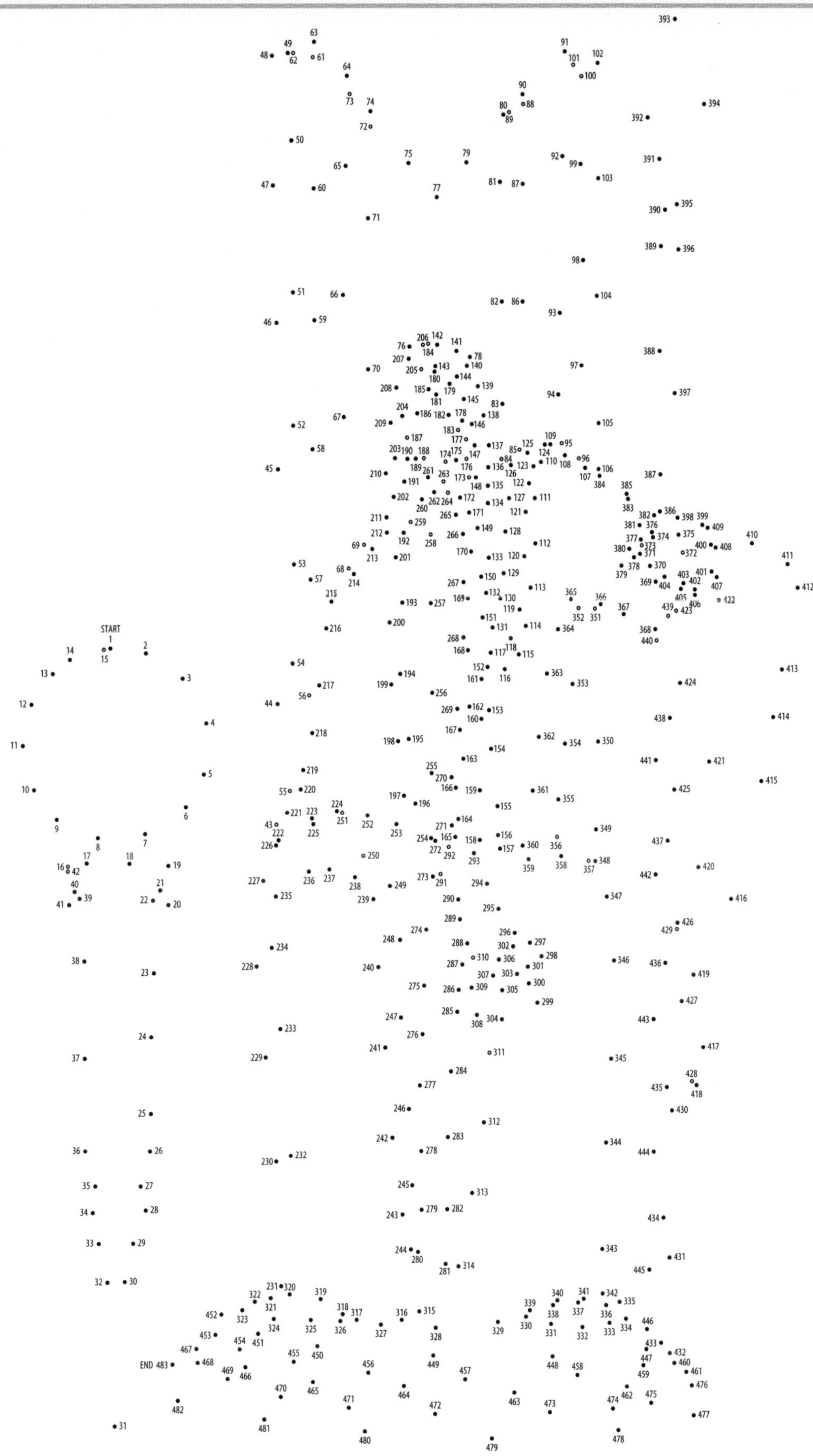
START
END

LES CYGNES D'ULMO

UN ELDAR

LA CITÉ DE BELEGOST

OROMË

LA VILLE DE TIRION

PRINCESSE LÚTHIEN

BILBON SACQUET

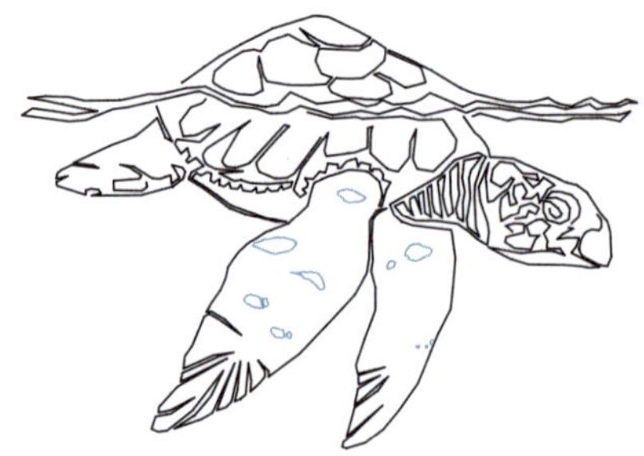

UN FASTITOCALON

SMAUG LE DORÉ

LA COMTÉ

UN BEORNIDE

THORIN ÉCU DE CHÊNE

DES HOBBITS

GANDALF

MANDOS

UN BALROG

LES HOMMES MORTS DU DUNHARROW

UN NAZGÛL SUR UNE BÊTE AILÉE

MINAS TIRITH

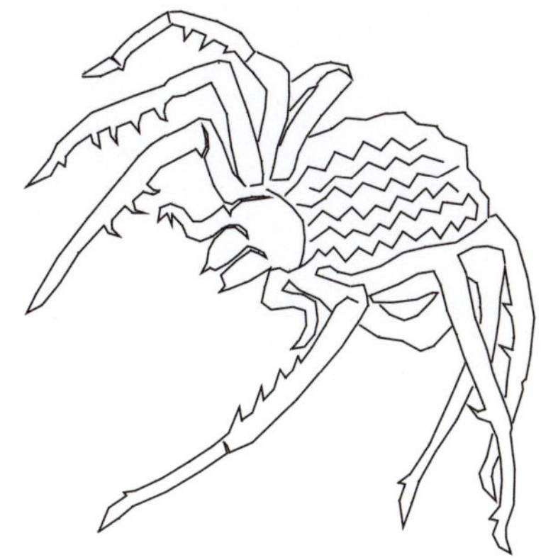

ARACHNE

DES AIGLES DE MANWË

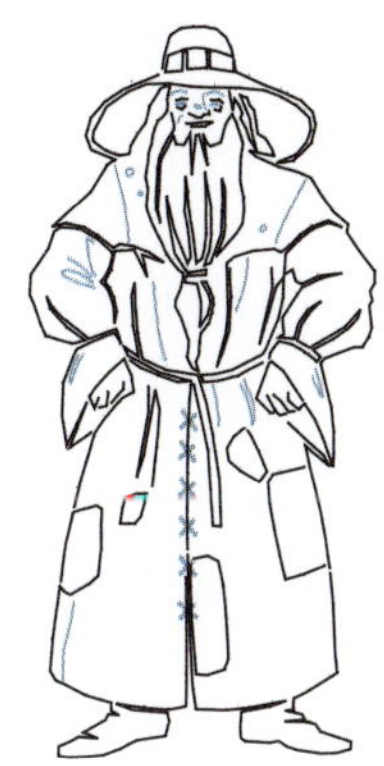

TOM BOMBADIL

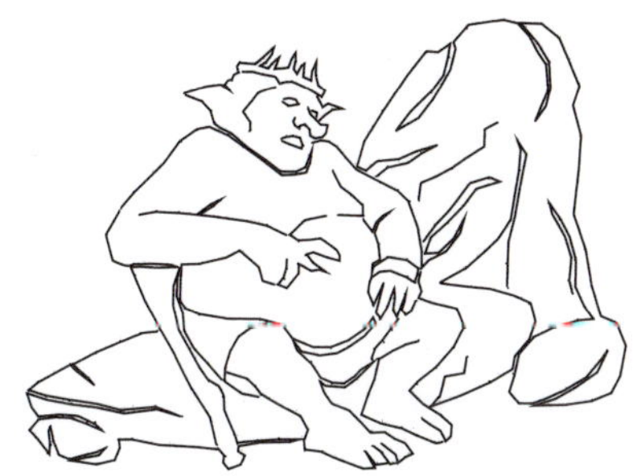

UN GOBLIN

LA MONTAGNE DU DESTIN

BALIN

DES ÊTRES DES GALGALST

LEGOLAS

FRODON SACQUET

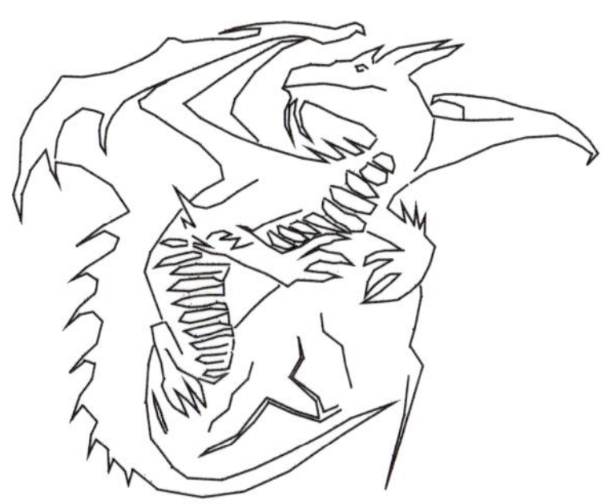

UN URULÓKI

ŒIL DE SAURON

REINE GALADRIEL

LE CHÂTEAU D'OR DE MEDUSELD

UN URUK-HAI

UN TROLL

VARDA

ARAGORN II

ROHIRRIM

ROÄC LE CORBEAU

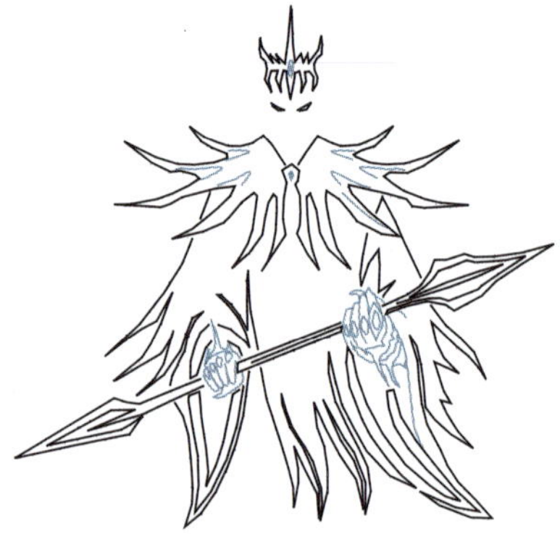

LE ROI-SORCIER D'ANGMAR

DES ENTS

BOROMIR

DES HAUTS ELFES

DES ORQUES

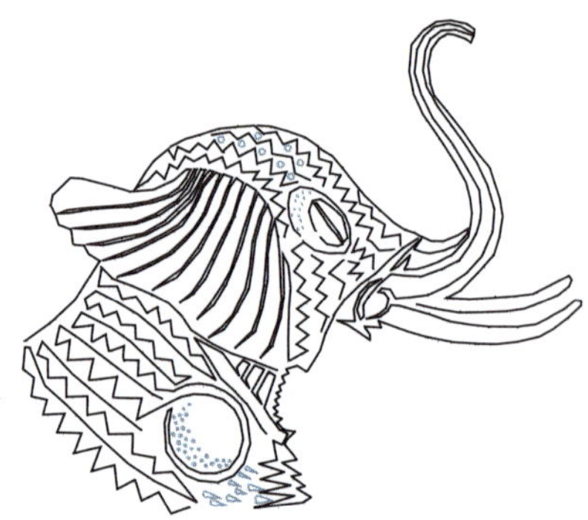

UN MÛMAKIL

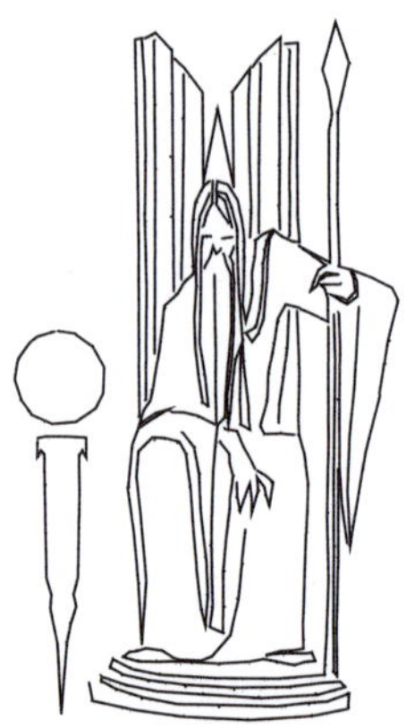

SARUMAN